MARTINA GINN

Una canción de amor

UNA CANCIÓN DE AMOR

Primera edición: Marzo 2023
Obra Registrada en el Registro de la Propiedad Intelectual de España.

Depósito legal: A-122-2023
ISBN: 978-84-09-49264-0

A todas las que se enamoraron de sus ídolos,
porque merecen ser correspondidas.

Y muy especialmente a Tamara Díaz Rodríguez,
Antonia Martín y Adriana Freixa,
que ya son parte de esta historia.

CAPÍTULO 1

Chloe

«Inhalar, uno, dos, tres. Retener, cuatro, cinco, seis. Exhalar, siete, ocho, nue...».

Me da un ataque de tos y todos se giran a mirarme. Sentada en la salita de espera junto a otros cuatro cantantes que aguardan su turno para la audición, yo soy la única que estoy histérica. O, al menos, esa impresión me da.

Pego el puño a mi boca y carraspeo un poco para suavizar la garganta, con la mirada fija en las baldosas del suelo. Sé que, si los ignoro, enseguida dejarán de prestarme atención.

Por el rabillo del ojo me percato como, uno a uno, bajan la cabeza para abstraerse de nuevo en las pantallas de sus teléfonos, y solo entonces levanto la vista. La chica rubia que se sienta enfrente me sonríe con complicidad.

—¿Es tu primera audición? —me pregunta—. Yo también estaba histérica las primeras veces...

No es mi primera audición, ni siquiera la segunda. Es la número doce, pero siempre me pongo tan nerviosa que, cuando llega mi turno para hacer la prueba, solo me sale un hilito de voz. Si fuera por mí, haría tiempo que hubiese tirado la toalla, pero Kat, mi compañera de piso, se empeña en que el mundo no puede perderse a una artista como yo.

—¡Eres magnífica, Chloe! Estoy convencida de que te van a llover las ofertas en cuanto te oigan cantar… —me repetía mi amiga.

Pero, de momento, ella es la única que me ha escuchado. Bueno, ella y mi ex, aunque Samuel nunca me animó a cumplir mi sueño. Siempre decía que había dos tipos de personas: las extraordinarias y las del montón; para él, yo estaba en el segundo grupo, por lo que era una pérdida de tiempo intentarlo siquiera. Por el contrario, mi amiga me anima cada día a seguir probando, sorprendida de que aún no me hayan elegido. Le cuesta entender que mis nervios me impidan cantar, porque, cuando estoy con ella, la voz me sale como un torrente, al contrario de lo que me ocurre en estas audiciones.

Le sonrío a la chica rubia que tengo enfrente y asiento moviendo la cabeza. Es mucho más cómodo decir que sí que contar la verdad. Y antes de que vuelva a preguntarme, miro hacia el techo y sigo con la técnica de respiración que Kat y yo practicamos en casa anoche, después de ver unos cuantos tutoriales de YouTube para aprender a controlar la ansiedad.

«Inhalar… Uno, dos, tres, cuatro. Retener… Uno, dos, tres, cuatro, cinco…».

La puerta se abre y me sobresalto, soltando todo el aire de golpe.

—¿Chloe Williams? —La asistente lee mi nombre y me busca con la mirada. Al encontrarse con la mía, me hace un gesto con la cabeza para que entre.

Inspiro hondo, concentrándome en estar tranquila y relajada. He ensayado la canción *Only Love Can Hurt Like This* de Paloma Faith porque, según Kat, es perfecta para mostrar mis registros de voz. Es uno de mis temas preferidos y me lo sé de memoria. Carraspeo otra vez antes de ponerme en pie. «Estoy tranquila y todo va a salir bien, estoy tranquila y todo va a salir...»

—Suerte —me dice la rubia al pasar por su lado—. Y si sale mal, no te agobies, la próxima lo harás mejor.

Me giro a mirarla y ella sonríe de forma angelical. No puedo distinguir si lo ha dicho para ponerme nerviosa o para animarme, creyendo que es mi primera vez. Fuera como fuese, su comentario me desestabiliza, y al subir al escenario, noto como me retumba el corazón en los oídos, mientras aquella opresión tan conocida asciende por mi garganta.

—¡¿Qué tal la prueba?! —grita Kat en cuanto escucha mi llave en la cerradura.

—Mejor hablamos de otra cosa, ¿vale? —Cuelgo el bolso en el perchero y me asomo al salón, que también es mi dormitorio. Me siento a su lado en el sofá. Kat arruga la nariz en un gesto de fastidio, pero no añade nada más. Estoy a punto de reñirla por poner los pies sobre la mesita de café cuando veo que tiene el tobillo vendado.

—¿Y eso? —le pregunto.

—Me he tropezado en el restaurante y me he hecho un esguince. —Kat resopla—. No puedo apoyarlo hasta dentro de dos semanas.

—Qué putada. —Cruzo las piernas sobre el asiento y me recuesto en el sofá. Me doy cuenta de que mi amiga me mira mordiéndose el labio, como si no se atreviese a decirme alguna cosa—. ¿Qué pasa?

—Chloe, necesito que me hagas un favor. —Usa su vocecita más dulce, y enseguida entiendo que va a ser un favor muy caro—. Esta noche tenía que trabajar de camarera para la fiesta de Heartland Records…

—¿Y qué quieres que haga? —La interrumpo, aunque sé de sobra lo que va a pedirme.

—¿Podrías… hacerte pasar por mí?

Echo la cabeza hacia atrás y me tapo la cara con un cojín, como si de esa manera pudiera desaparecer. Pruebo a quedarme muy quieta. Tal vez si lo deseo con la suficiente fuerza, mis células empezarán a volverse invisibles. Aprieto los parpados y contengo la respiración…

—Por favooor. —Kat estira del cojín y las dos forcejeamos para quedarnos con él. Gana ella.

—He tenido una mañana de mierda en la cafetería. —Lloriqueo—. Y por la tarde he hecho la peor audición de mi vida... Esta noche solo quiero beber vino y comer pizza vestida con mi *batamanta*. ¿Por qué me obligas a ir?

—Iría yo, pero, obviamente, no puedo. —Señala su tobillo con ambas manos y pone los ojos en blanco.

—¿Y por qué no les llamas y les explicas que has sufrido un accidente y que no puedes trabajar? Al fin y al cabo, es la verdad.

—Mira, Chloe —dice muy seria—, ese *catering* paga muy bien, me ha costado mucho entrar en su bolsa de empleo, y si no me presento esta noche, no me volverán a tener en cuenta, porque pasarán a la siguiente de la lista. Sabes que no te lo pediría si no fuera importante…

Me mira esperanzada. Después de la prueba de aquella tarde, lo que menos me apetece es ir a la fiesta de un sello discográfico, sin embargo, Kat es una buena amiga y necesita mi ayuda.

—Vaaale. —Accedo finalmente—. Pero esta me la guardo. ¡Me debes un favor muy grande!

—¡Gracias, Chloe, eres la mejor! —Kat me abraza con fuerza, consiguiendo hacerme reír. De repente, se separa como si se acordase de algo—. ¿A que no sabes quién va a la fiesta?

—¿Quién?

—Jonas…

—¡¿Jonas Reed?!

Kat asiente con una sonrisa, moviendo la cabeza arriba y abajo. En cuanto asimilo que pasaré la noche trabajando cerca de uno de mis cantantes favoritos, no puedo contener un grito de la emoción. Mi amiga se echa a reír.

—¿Y por qué no me lo has contado antes? —le pregunto extrañada—. ¡Te habría respondido que sí sin dudarlo!

—Quería verificar si eras una amiga de verdad o si lo hacías solo por ver a Jonas. —Kat suelta una carcajada y yo la golpeo con el cojín—. Y he de decirte que has pasado la prueba.

—Voy a ducharme. —Me levanto del sofá de un salto y me desvisto con rapidez—. Tengo que lavarme el pelo y alisármelo con la plancha. ¡Y maquillarme!… ¿A qué hora empieza la fiesta?

—A las siete, pero tienes que estar ahí a las seis menos diez. —Kat mira el reloj y tuerce el gesto—. Tendrás que darte prisa, porque te queda una hora más o menos…

Me giro hacia ella con los ojos muy abiertos. Compruebo en mi reloj que ya son las cinco menos veinte, y antes de salir disparada hacia el cuarto de baño, señalo a mi amiga con el dedo:

—Esta te la guardo, Katherine Taylor.

CAPÍTULO 2

Jonas

—Te vamos a echar de menos. —La recepcionista sonríe y me tiende la carpeta con el formulario de alta—. Firma aquí.

—Para mis amigos de la clínica de desintoxicación… con amor, Jonas. —Bromeo mientras estampo un garabato en el recuadro inferior derecho.

—Se llama Centro de Tratamiento de Adicciones… —me corrige Zach, mi manager, que termina de rellenar unos documentos en el mostrador.

—Como tú digas. —Pongo los ojos en blanco y le devuelvo la carpeta a la morena, que deja escapar una risita—. ¿Te falta mucho? Tengo ganas de recuperar mi libertad…

—Solo un minuto.

Suspiro y me doy la vuelta. Echo un vistazo a la recepción de la que ha sido mi casa durante los últimos sesenta días:

un centro médico de lujo donde las estrellas del *rock* pagamos miles de dólares para curarnos de nuestras adicciones. Pero no lo hacen demasiado bien, porque, a mis veintisiete años, es la tercera vez que he estado ingresado.

—¿Vamos? —Zach se inclina para coger el asa de mi maleta, pero se lo impido: soy mayorcito para hacerme cargo de mi propio equipaje. Se vuelve a la recepcionista y se despide de ella con un movimiento de cabeza.

—Adiós, Jonas —me dice la morena desde el mostrador.

—Hasta la próxima, guapa... —Le guiño un ojo—. Seguro que nos vemos muy pronto.

Me doy la vuelta y la escucho reírse, a pesar del ruidoso suspiro de Zach.

—No deberías decir esas cosas —me riñe al salir a la calle.

—¿Por qué? Sabes que es verdad. En un par de meses volveré a liarla y acabaré de nuevo por aquí.

—Tienes que cambiar la forma en la que te hablas a ti mismo. —Abre el maletero de su Toyota y me ayuda a meter el equipaje—. Si piensas que pronto estarás de vuelta, acabarás encontrando la manera de tener razón. El cerebro es una herramienta muy poderosa...

—¿Tienes un cigarro? —le interrumpo.

—¿No se supone que estabas curado de tus adicciones? —Levanta una ceja.

—Solo del alcohol y las drogas. El tabaquismo me lo han dejado intacto.

Cierra el maletero y me hace una seña para que suba al coche. Me siento en el asiento del copiloto.

—Mira Jonas, la discográfica da una fiesta esta noche y me han pedido que no montes ningún escándalo —dice muy serio al ponerse el cinturón—. Mañana haz lo que te dé la gana, pero te ruego que, al menos, te comportes durante unas horas.

—Sí, papi, te prometo que me portaré bien —respondo con una ridícula voz infantil, recostándome en el asiento.

Zach respira hondo, se frota la cara con las manos y, tras otro largo suspiro, por fin arranca el motor.

Hacemos el resto del trayecto en silencio. Sé que, últimamente, me porto como un gilipollas, pero nadie parece sorprenderse, como si fuese lo que todo el mundo espera de una estrella del *rock*. De alguna forma, he llegado a creerme lo que otros piensan de mí, en lugar de plantearme quien soy en realidad.

¿Y quién soy en realidad? No soy un capullo, o, al menos, no lo he sido siempre. Antes era un chaval con muchos sueños y muchas ganas de cumplirlos. Mi abuelo me enseñó a tocar la guitarra con ocho años, y, a los once, ya componía mis propias canciones. Al principio me daba vergüenza que los demás las escucharan, pero a los trece, al reparar en que las chicas suspiraban por los *rockeros*, supe lo que quería ser de mayor.

Y entonces vinieron las audiciones, y los videos de YouTube. Al principio me rechazaron unas cuantas veces, pero, cuando una asistente me reconoció en un *casting* porque su hija «era adicta a mi canal y se sabía todas mis canciones», conseguí un pase directo para participar en aquel concurso televisivo de talentos que me lanzó a la fama.

A partir de ahí, llegó todo lo demás. Lo bueno y lo malo. A los diecisiete años aún no estaba preparado para el enorme éxito que se me venía encima, pero tampoco para aquel horrible revés. Si, en cuestión de cuatro meses, parecía que los triunfos me caían del cielo por mi cara bonita, ya se encargó la vida de darme aquella tremenda bofetada para compensar: primero, la enfermedad fulminante de mi madre, y unas semanas después, cuando apenas podía hacerme a la idea de que jamás volvería a verla, falleció mi abuelo de un ataque al corazón.

En aquel momento, todavía me quedaban un par de meses para cumplir los dieciocho, por suerte, Zach se encargó de todo y se convirtió en mi tutor legal. Y aunque él solo tenía seis años más que yo, pasó a ser mi única familia.

Hasta que conocí a Shayla.

—Voy a echar gasolina. —Zach me saca de mis pensamientos.

Asiento para indicar que le he escuchado. Pone el intermitente y se desvía de la autopista. Al detener el coche junto al surtidor, ahoga un bostezo.

—Necesito un café. ¿Quieres algo? —Me pregunta antes de bajar del coche.

—Una cerveza.

—Me has prometido que no beberías alcohol.

—Pues una cerveza sin alcohol. —Me encojo de hombros y giro la cara hacia mi ventanilla.

Escucho como quita las llaves del contacto antes de cerrar la puerta. Supongo que se las lleva consigo por miedo a que le robe el coche mientras él paga en la tienda. Y no le culpo, yo haría lo mismo si estuviera en su lugar, porque no sería la primera vez que pasara. En mi defensa, en aquella ocasión yo estaba completamente borracho, porque Shayla me había vuelto a abandonar. Ni siquiera sé cómo fui capaz de conducir cinco kilómetros en ese estado sin pegármela contra un árbol. Mi ángel de la guarda debía ser muy bueno en lo suyo, seguro que había sido el primero de su promoción.

Zach regresa con un vaso de cartón y una bolsa de plástico. Mientras termina de echar gasolina, abre la puerta y me la tiende.

—No tenían cerveza sin alcohol. —Se disculpa. Abro la bolsa y encuentro una Pepsi Max y un sándwich de *bacon*—. La fiesta es a las siete, no nos da tiempo a cenar.

El operario cierra el depósito y cuelga la manguera en el surtidor. Zach se bebe el café de un trago, entra en el coche y, con la radio sonando de fondo, volvemos a incorporarnos a la autopista.

CAPÍTULO 3

Jonas

Llegamos a la fiesta pasadas las siete y media, los dos vestidos con traje negro y camisa oscura. Un par de kilómetros antes de entrar en Nashville, Zach detuvo el coche en el arcén para cambiarnos de ropa, porque no teníamos tiempo de pasar por casa. El pelo me había crecido mucho en los dos últimos meses y me caía sobre los ojos, así que decidí recogerlo en una especie de moño para que no me molestase.

—¿Es tu nuevo *look*? —me pregunta la responsable de *marketing* de la discográfica y yo me encojo de hombros—. No te queda nada mal, podríamos plantear un cambio de imagen para el próximo álbum. Un Jonas más maduro, que marque el inicio de una nueva etapa…

—Ya veremos —le contesto para zanjar la conversación, porque no tengo ganas de hablar de aquel álbum que Heartland Records prepara para mí.

Han pasado más de tres años desde que sacamos el último. Tres años en los que, por más que lo he intentado, no he sido capaz de terminar ni una sola canción. Siento que todo lo que escribo es malo, ridículo, o, simplemente, más de lo mismo. Una auténtica mierda que no le quiero mostrar a nadie.

El disco anterior fue un éxito: catorce temas que compuse en menos de seis semanas. En aquel tiempo estaba loco por Shayla, de un modo tan intenso que disparaba mi creatividad. Parecía que hubiera abierto un grifo: me inspiraban sus ojos, su risa, el movimiento de su cuerpo encima del mío cuando hacíamos el amor... En cuanto acababa una canción, enseguida surgía otra nueva. Algunas noches, las melodías sonaban tan fuerte en mi cabeza, que me sacaban de la cama y me arrastraban a mi estudio para que las liberase.

Pero tras varios meses, el grifo se cerró. Ya no experimentaba aquel torrente creativo, y me sentí tan frustrado, que empecé a demandar más de ella. La necesitaba a mi lado a cada instante, pero lo único que conseguí fue que se agobiara y comenzasen las peleas.

Alguien me sugirió que fumase marihuana. Al principio, funcionó: aquel chute de dopamina me regaló un buen puñado de canciones nuevas, pero la discográfica me pedía más. Y volví a bloquearme. El tiempo pasaba y cada vez me sentía más presionado. Fumaba para crear, bebía para evadirme, y buscaba en la cama a una novia que cada vez se alejaba más de mí.

Discutíamos con saña, nos reconciliábamos con pasión. Fue el inicio de un círculo vicioso. Nos volvimos adictos al drama, como si fuera algún tipo de juego sexual: yo la provocaba, ella me amenazaba con marcharse para siempre, y acabábamos sudorosos en algún rincón, jurándonos amor eterno entre gemidos, aunque supiéramos que, al día siguiente, todo volvería a empezar.

—¿Cerveza, vino, champán? —Una camarera se detiene junto a nosotros y nos acerca la bandeja.

—¿Es *merlot*? —pregunta la de *marketing* y agarra la copa de vino sin esperar respuesta—. Chicos, disculparme, pero me reclaman... Ahora nos vemos.

Se marcha con paso firme cruzando la estancia. La camarera me mira a los ojos y repite la pregunta, pero niego con la cabeza y meto las manos en los bolsillos del pantalón para controlar el impulso de coger una de aquellas copas.

—No queremos nada, gracias —dice Zach, y la chica se va, diría que algo desilusionada—. Jonas, sé que las condiciones que ofrece la discográfica no son las que acordamos en el contrato, pero les teníamos que haber entregado doce temas nuevos hace seis meses. Están en su derecho de aplicar las cláusulas resolutorias del primer anexo y de ser ellos los que compongan...

—Acabo de salir del centro. —Lo interrumpo, porque estoy empezando a ponerme bastante nervioso—. Te he prometido que no iba a beber ni a liarla, y lo estoy cumpliendo. Dame un poco de tregua.

—Está bien, perdona. —Zach hace un gesto con la cabeza y saluda a alguien que está a mi espalda—. ¿Te puedo dejar solo cinco minutos? Me reclama el señor Heartland.

—Descuida, papi, me portaré bien…

—Vuelvo enseguida —promete antes de irse.

Asiento y miro al suelo unos instantes, balanceándome adelante y atrás. Odio estas fiestas de trabajo, que no tienen nada de divertidas, en las que siento los ojos de todo el mundo clavados en mí. Si al menos pudiera tomarme una cerveza…

Levanto la cabeza y descubro a la misma camarera de antes a solo unos metros. Al cruzar la mirada, me sonríe y extiende la bandeja. Vuelvo a bajar la vista, concentrándome en aquella moqueta gris.

—¡Jonas! ¿Cómo estás, chaval? —Me dan unas palmaditas en la espalda y me sobresaltan. Al volverme, descubro que es el arreglista musical—. Te van a encantar los temas que estamos preparando para tu nuevo álbum…

Noto como se me tensa la mandíbula y aprieto los puños en los bolsillos del pantalón. Desde muy joven, me enorgullecía de ser el único que componía mis discos, y no haber sido capaz, en los últimos tres años, era el mayor de mis fracasos. Sentía que, de algún modo, le estaba fallando a mi abuelo, y eso me añadía muchísima más presión.

—¿Cerveza, vino, champán? —La camarera se materializa a mi espalda.

Es demasiado para mí.

—¡Joder! Te he dicho que no quiero nada, ¡¿tan difícil es de entender?!

Me giro bruscamente y, por instinto, la chica da un paso atrás. Aquel movimiento desestabiliza la bandeja, que cae al suelo, y todas las copas se rompen, armando un buen escándalo.

Se lleva las manos a la boca para ahogar un grito y, durante un instante, me mira aterrorizada. Esa mirada me hiela la sangre. ¿En qué tipo de monstruo me he convertido para hablarle de aquella forma a una completa desconocida? Pienso en lo que diría mi madre si estuviera allí. Seguro que no le haría ninguna gracia y me obligaría a disculparme.

La camarera mira al suelo, exhala un suspiro y murmura algo que no entiendo muy bien, pero me suena a *batamanta*. Voy a pedirle perdón, pero se agacha junto a la bandeja y, con las manos desnudas, empieza a recoger los cristales a toda prisa.

—No lo toques... voy a llamar al encargado para que lo limpien. —Hago una seña a uno de los camareros que pasa por allí.

—Yo lo limpio, no quiero problemas con el encargado —responde la chica, echando los trozos de cristal sobre la bandeja.

—Espera que avise a...

—Que no avises a nadie —me corta, bastante molesta.

—Vale, pero deja eso —Como no me hace caso, me agacho junto a ella y la sujeto por las muñecas—. Por favor, estate quieta, que al final te vas a cortar.

Levanta la vista, desconcertada. Aparece una mueca en su rostro y aflojo la presión, porque creo que le estoy haciendo daño. Enseguida descubro un hilito de sangre que brota de la palma de su mano.

—Me parece que ya me he cortado. —Se muerde el labio como si pudiera contener el dolor.

—Déjame ver… —La examino con cuidado para comprobar si tiene clavado algún trozo de cristal. Sobre la mía, su mano parece aún más pequeña. Me fijo en sus uñas, cortitas y redondas, tan distintas de las manicuras imposibles de Shayla.

—¿Está usted bien, señor Reed? —Noto que tiran de mí para que me incorpore y tengo que soltarla. La chica me sigue con la mirada mientras los dos camareros me ponen en pie.

—Yo estoy bien, pero ella se ha cortado…

—No se preocupe, enseguida la van a atender —me interrumpe el encargado y le hace un gesto a la chica para que se levante.

—Ha sido por mi culpa —añado, porque no quiero que aquel accidente le cause ningún problema—. Me he girado de golpe y le he tirado la bandeja sin querer.

—Está bien, Jonas, vamos a dejar que limpien esto. —Zach me pasa el brazo por los hombros y me empuja suavemente hacia un lateral.

Quiero insistir en que yo he sido el culpable, pero, al mirar alrededor, advierto que todos están pendientes de mí.

Dejo que Zach me lleve junto al señor Heartland, incapaz de retirar mis ojos de aquella camarera, hasta que se marcha con el encargado y desaparecen tras las puertas de servicio.

CAPÍTULO 4

Chloe

Empujo la puerta con la cadera y salgo al callejón. Acaban de curarme la herida de la mano y no quiero hacer ningún esfuerzo para que no vuelva a sangrar. Llevo dos puntos de sutura adhesivos, cubiertos con una gasa, y aunque el vendaje es algo aparatoso, apenas me duele.

Sigo un poco en *shock* tras mi desafortunado encuentro con Jonas Reed. Yo solo estaba haciendo mi trabajo, y él había sido muy desagradable conmigo al gritarme de aquella manera. A veces es mejor no conocer a tus ídolos, porque acabas muy decepcionada cuando descubres que son unos capullos.

Recorro el suelo con la mirada, buscando la cuña. La empujo con el pie hasta encajarla en la puerta para evitar que se cierre. Saco el paquete de tabaco del pantalón, me enciendo un pitillo y le doy una larga calada, cerrando los ojos al exhalar el humo.

Pienso en Jonas, arrodillado frente a mí, mientras me sujeta de las muñecas. Es un capullo, sí, pero un capullo muy atractivo. ¡Y qué manos más grandes tiene! Ahogo un gemido. Esa noche, antes de dormir, fantasearé con esas manos recorriendo todo mi cuerpo. Porque, en mi imaginación, Jonas no es el mismo imbécil que me ha gritado en la fiesta, sino un tipo guapo, *sexy* y encantador que me levantará del suelo, me llevará en brazos hasta las cocinas y me sentará sobre la encimera para hacerme el amor de forma descontrolada…

—¿Tienes un cigarro? —dice alguien a mi espalda.

—Son mentolados.

—Es igual.

Suspiro con fuerza. Me molesta mucho la gente que no compra tabaco y luego se dedica a gorronear. Pero aún me molestan más los que se dedican a arruinarme las fantasías eróticas con mi cantante favorito.

Sujeto mi cigarrillo con la mano vendada, saco el paquete del pantalón y me giro para ofrecérselo a quienquiera que sea aquel idiota tan molesto.

—Aquí tie…

Me paro en seco al encontrarme de frente con Jonas Reed. Él sonríe, se enciende un pitillo y vuelve a colocar el paquete en mi mano, que continúa extendida en la misma posición. No soy capaz de mover ni un solo músculo, como si, al verlo, me hubiera convertido en una estatua de sal.

—¿Qué tal la herida? —señala mi vendaje con el cigarro.

—No me duele, la verdad —respondo, observándola atentamente, como si fuera un bebé que acaba de descubrir una nueva parte de su cuerpo.

—Me alegro mucho... eh... no sé cómo te llamas.

—Chlo... —Me acuerdo de que esta noche me estoy haciendo pasar por mi amiga y corrijo con rapidez—. Kat.

—¿Chlokat? —pregunta extrañado.

—En realidad me llamo... —Estoy a punto de decirle la verdad, pero freno en seco y lo miro con suspicacia—. Un momento, ¿por qué quieres saberlo?

—¿Por qué quiero saberlo? —Suelta una carcajada—. Porque me gustaría pedirte perdón por haberte gritado... Mejor volvemos a empezar. —Extiende la mano—. Soy Jonas Reed, encantado. ¿Y tú eres?

—Yo soy...

—¿Katherine Taylor? —El encargado se asoma a la puerta y nos hace dar un respingo. Jonas baja la cabeza, supongo que no quiere que lo reconozcan—. Entra a recoger tu finiquito. Estás despedida.

—¿Cómo?

—Ya lo has oído.

Y, sin añadir nada más, desaparece en el interior.

—Puto gilipollas... —mascullo y doy una última calada antes de arrojarlo al suelo.

—No puede despedirte por un accidente —dice Jonas.

—Sí que puede, créeme. —Piso la colilla y guardo el paquete de tabaco—. De hecho, lo acaba de hacer.

—Pero no ha sido culpa tuya… Voy a hablar con él. —Tira el cigarrillo y se dirige a la puerta.

—¡Espera! —Lo agarro de la chaqueta para detenerlo. Se voltea a mirarme—. Hace menos de una hora que te conozco, pero ya se me ha caído una bandeja, me he cortado con un cristal y me han echado del trabajo. No hagas nada más por mí, te lo pido por favor. Es mejor acabar aquí lo nuestro…

Levanta las cejas. Supongo que está tan sorprendido que no sabe qué decir. O quizá he sido tan tajante que no le he dejado ningún margen de respuesta.

Sin pensármelo mucho, me pongo de puntillas, le agarro de las solapas de la chaqueta, y le planto un beso en los labios que se alarga más de lo previsto. Lentamente, lo vamos transformando en un morreo más sensual, tan provocador que pienso rememorarlo en cada una de mis fantasías.

—Ha sido un placer conocerte, Jonas.

Le guiño un ojo y salgo corriendo. Antes de que pueda reaccionar, estoy en las cocinas recogiendo el finiquito.

Esa noche, me marcho de la fiesta con una sonrisa y dos cosas muy claras:

Kat me va a matar.

Jonas Reed es un capullo, pero besa de vicio.

CAPÍTULO 5

Jonas

No me esperaba que huyese de aquella manera. Me quedo mirando la puerta por la que acaba de desaparecer, como si fuera a asomarse de nuevo en cualquier momento. Pero no lo hace. Y, después de un rato, entiendo que ya no va a volver.

Me apoyo en la pared y miro al cielo. El beso de la camarera me ha descolocado por completo, no lo he visto venir. La chica ha sido tan cortante conmigo cuando he querido buscar al encargado, que no he pensado que pudiera gustarle, ni siquiera un poco.

Me he dejado besar sin oponer resistencia, dando por hecho que era un arrebato, su momento de gloria con alguien famoso, la anécdota que contará a sus amigas mañana... Pero al notar su lengua explorar mi boca, y sus dedos acariciar la piel de mi nuca, he tenido que agarrarla de las caderas y estrecharla contra mi cuerpo. Hacía demasiado tiempo que no me excitaba con un simple beso, más aún estando sobrio.

Exhalo de forma ruidosa al incorporarme, y cierro la puerta después de entrar. Esa chica tiene algo que me atrae. Menuda, con los ojos marrones y el pelo castaño, es diferente de todas las que suelen acercarse a mí. Quizá no me giraría si me la cruzase por la calle, pero presiento que me va a costar sacármela de la cabeza.

—¿Dónde estabas? —me pregunta Zach cuando regreso a la fiesta.

—Fumándome un cigarro.

Me observa con suspicacia, como si no se lo acabara de creer. No le culpo, siempre le contesto con esa frase cuando vuelvo de hacer algo ilícito. Me doy cuenta de que es la primera vez que le digo la verdad y se me escapa una sonrisa. Mi manager frunce el ceño.

—¿Seguro que era un cigarro?

—Seguro —asiento—. Uno mentolado para ser más exactos.

Parece que Zach va a añadir algo más, pero alguien llega junto a nosotros y nos pasa un brazo por los hombros a cada uno. Es mi productor musical, oliendo demasiado a marihuana.

—¿Qué tal lo están pasando mis coleguitas? —Suelta una carcajada sin venir a cuento.

Cruzo la mirada con Zach y levanto las cejas para indicarle que así se comporta quien han fumado algo más que un cigarro.

—¿Qué tal, Rick? —pregunta Zach, dándole una palmada en la espalda.

—¡De puta madre! —Vuelve a reírse—. ¿Cuándo nos reunimos? ¿Mañana? ¿Mañana en mi despacho? Tenemos unos temazos que vais a flipaaaar…

Arrastra la última sílaba, hasta que se queda sin aire y empieza a toser. Pongo los ojos en blanco. Lo de soportar a alguien más drogado que yo es una experiencia nueva que no me gusta demasiado.

Antes de que el productor insista en hablar de las canciones que han compuesto, Zach cambia de tema y le pregunta por un nuevo *plugin* que acaba de salir. Lo miro de reojo y agradezco que me dé una noche de tregua. Mientras ellos conversan, yo desconecto.

Vuelve a mi mente la camarera y su forma de robarme un beso en el callejón. Me lamento de no haberle dado otro antes de irse corriendo. O mi teléfono. Porque no tengo ninguna manera de contactar con ella. Solo sé que se llama Katherine Taylor.

—¿Tú que dices Jonas?

El productor me saca de mis pensamientos. Lo miro en silencio, sin saber qué responder. Zach sale en mi ayuda y me pone en contexto.

—Rick propone que haya un tema cantado a dos voces en el nuevo álbum. Un dúo con una mujer…

—Algo romántico, sexy —le interrumpe el productor, que levanta las manos y enmarca con ellas un punto imaginario en la lejanía—. Una canción de amor…

—Me parece bien —respondo encogiéndome de hombros, porque no tengo ganas de discutir.

—¡Estupendo! —Rick entrelaza los dedos de las manos y las agita en el aire, como si acabase de conseguir un enorme triunfo. En ese momento, pasa un camarero con una bandeja cargada de canapés y se le van los ojos tras la comida. Se despide de nosotros—. Mañana nos vemos en mi despacho. Disfrutad de la fiesta, coleguitas.

—¿Todo bien? —me pregunta Zach al quedarnos solos.

Bajo la cabeza y meto las manos en los bolsillos. Dudo si contárselo después de todo lo que ocurrió con Shayla, pero si alguien puede echarme una mano para encontrar a la camarera, es él.

—Oye, Zach… —empiezo a decir—, ¿me ayudas a conseguir el teléfono de una chica?

CAPÍTULO 6

Chloe

Llego a casa pasadas las nueve y veinte. Las luces están apagadas, pero la película que emite la tele ilumina todo el salón. Distingo a Kat durmiendo en el sofá y supongo que se ha quedado traspuesta nada más empezar a verla, como le ocurre siempre.

Pulso el botón del mando para apagar la pantalla, y mi amiga se despierta, algo desorientada.

—¿Ya estás aquí? —Se estira y disimula un bostezo—. ¿Qué hora es?

—Las nueve y veinte.

—¿Tan temprano?

—Me han despedido. Bueno, miento, te han despedido a ti.

—¿Por qué? ¿Qué has hecho? —Kat se incorpora, completamente despejada—. ¡¿No te habrán echado por colgarte del cuello de Jonas Reed?!

Me mira horrorizada. Recuerdo aquel beso en el callejón y me ruborizo al percatarme de que me he comportado como una fan histérica. Estoy tan abochornada que decido que no se lo voy a contar.

—¡No! No me han despedido por eso, ¿quién te crees que soy? —pregunto ofendida—. Aunque, de alguna manera, él tuvo la culpa. —Le hago un gesto para que levante las piernas y me siento en el sofá. Las apoya en mi regazo—. Es un creído, Kat. Le ofrecí una bebida y me respondió gritando, de muy malas formas. Me asustó tanto que se me cayó al suelo la bandeja. ¡No sabes la que se lio!

»Había vino y cristales por todas partes y al recogerlos me corté. —Levanto la mano en el aire para enseñarle el vendaje. Mi amiga se tapa la boca—. Y, entonces, Jonas avisó al encargado, aunque le pedí que no lo hiciera, porque no quería tener problemas.

—Ese encargado es un imbécil, es mejor no llamar su atención... — Kat me mira con los ojos muy abiertos.

—Lo sé —la interrumpo—. Estuvo a mi lado mientras me curaban la herida y no paró de reñirme todo el rato: que si vaya espectáculo había dado, que si no estaba dando una imagen profesional... Tuve que salir a fumarme un cigarro porque, si no, habría empezado a gritarle.

—Y te despidió por tomarte un descanso injustificado.

—Algo así.

—Será cabrón... —Mi amiga frunce el ceño.

Nos quedamos en silencio. Echo la cabeza hacia atrás y la apoyo en el respaldo. He pensado en Jonas durante todo el trayecto en autobús. No me arrepiento de haberlo besado, aunque estoy segura de que me moriré de vergüenza si vuelvo a encontrármelo alguna vez.

—Chloe, ¿me ayudas a llegar a mi habitación? Estoy harta de ir saltando a la pata coja y hasta mañana no me prestan unas muletas —me pide mi amiga.

—Claro que sí. Vamos.

Esa noche, después de dejar a mi amiga en su habitación, me meto en la cama y rememoro el beso con Jonas. Con los ojos cerrados, recreo cada instante a cámara lenta: el olor amaderado de su perfume; el chasquido de su lengua al enredarse con la mía; la cálida presión de sus manos atrayéndome hacia su cuerpo…

Y cuando se me acaban los estímulos, es mi imaginación la que completa los espacios en blanco, construyendo un recuerdo perfecto. Porque, en mi fantasía, yo no salgo corriendo de aquel callejón.

Cuando me levanto al día siguiente, Kat ya está despierta. Ha preparado café y desayuna en la mesa de la cocina

—Buenos días… —la saludo—. ¿Qué tal tu esguince?

—Me duele —Responde con los ojos fijos en la pantalla de su móvil.

Al pasar por su lado, me doy cuenta de que consulta su *feed* de Instagram.

—Eres una adicta a las redes sociales —me rio y saco una taza del armario para servirme el café.

—Tú también lo serías si las tuvieras...

Me encojo de hombros. Al dejar a Samuel, después de mudarme a Nashville, borré todos mis perfiles en internet porque no quería que me localizase. Además de Kat y mi jefe, solo mi madre y un par de amigos muy allegados conocían mi nuevo número.

—¿Diga? —escucho decir a Kat a mi espalda y me doy la vuelta. Tiene el teléfono en la oreja y me mira sorprendida—. Sí, soy yo... ¿quién eres?

Me siento a su lado en la mesa, aguzando el oído. Kat se acerca a mí y se separa un poco el auricular, para que lo oiga mejor. No se entiende muy bien, aunque distingo una voz masculina y un «nos conocimos ayer»

—Mira, no sé quién eres, pero me parece que te has equivocado. Yo ayer no conocí a nadie...

Antes de que acabe la frase, el chico se disculpa y cuelga el teléfono.

—¿Quién era? —digo un poco asustada.

—No lo sé, un número oculto —responde tras comprobar las últimas llamadas—. Ha preguntado por mí, pero no me ha dicho su nombre. Insistía en que anoche ya se había presentado... ¿Le diste mi teléfono a alguien, Chloe?

Muevo la cabeza a ambos lados, totalmente perpleja. Jamás se me ocurriría hacer algo así, mucho menos, sin decírselo a mi amiga. Mi corazón empieza a latir con fuerza. Debo de estar pálida, porque Kat, me coge la mano y la aprieta.

—No te preocupes, será un malentendido —dice tratando de animarme.

Intento sonreír, pero, solo de pensar que Samuel pueda estar detrás de aquello, un escalofrío recorre mi espalda.

CAPÍTULO 7

Jonas

—Gracias, ya te llamaremos.

Rick interrumpe la prueba sin dejarla terminar ni la primera estrofa. Supongo que a la chica le cuesta asimilarlo, porque levanta las cejas y entona otro par de notas antes de detenerse abruptamente. Fuerza una sonrisa mientras la asistente la acompaña hasta la puerta.

Me echo hacia atrás en la silla y cruzo los brazos. Mi productor da un trago a su botella de agua.

—Esta ha sido la peor… ¿tú que dices, Jonas?

Me encojo de hombros. En las últimas dos horas, hemos escuchado a más de doce chicas y ninguna nos acaba de convencer. La discográfica ha decidido que las audiciones sean solo para aspirantes, sin ninguna trayectoria musical. De esa manera, si nuestro dueto triunfa, pueden aprovechar el tirón para publicar uno de sus discos prefabricados y lanzar a la fama a una nueva estrella del pop.

Pero, primero, hay que encontrarla. Aunque ninguna de las cantantes lo hace mal, a todas les falta algo. Y ese algo no tiene tanto que ver con la técnica, como con la emoción a la hora de interpretar. No reflejan el alma de aquel tema… O quizá es que ese tema no tiene alma, como todos los que Heartland Records ha compuesto para mí.

—¿Faltan muchas? —le pregunto a la asistente—. Quiero fumarme un cigarro.

—Solo dos. —Mira su libreta y lee los nombres—. Chloe Williams y Alison West.

—Cinco minutos de descanso —pide Zach.

Antes de que cambien de opinión, me levanto de la silla y abandono la sala por una puerta lateral.

En la calle, el sol brilla con fuerza. Tengo que cerrar los ojos para que no me ciegue. Me percato de que me he dejado las Rayban dentro y tanteo los bolsillos con urgencia, por si me hubiera olvidado también el paquete de tabaco. Al palparlo en el pantalón, sonrío con alivio.

Me enciendo un cigarrillo mentolado. Los he comprado porque me recuerdan a Katherine Taylor. Tres semanas después de nuestro encuentro, todavía no he sido capaz de dar con ella. Y aunque no quiero perder la esperanza, a veces me pongo algo nervioso, porque me muero de ganas de volver a verla

El teléfono que nos dieron los del *catering* no era de Katherine Taylor. Al menos, no de la Katherine Taylor que estaba buscando. La llamé la mañana después de la fiesta, pero la mujer que contestó no pareció reconocerme, ni siquiera entender de qué le hablaba.

Tampoco la encontré en redes sociales. Probé miles de variantes de su nombre, pero no tuve suerte. Mi última opción era contratar a un detective, a lo que Zach se negó rotundamente.

—No lo hagas, Jonas —me pidió—. Imagínate lo que diría la prensa si se entera. Empezarían a llamarte acosador y ya llevamos acumulados muchos escándalos a nuestras espaldas.

Pero tras varias negociaciones, hicimos un pacto: sería Zach quien lo contratase como si fuera algo personal, y yo grabaría el álbum con los temas de Heartland Records. Todos salíamos ganando... o perdiendo, según se mirase.

—¿Vienes, Jonas? —La asistente se asoma a la puerta—. Acaba de pasar la siguiente aspirante.

Doy una última calada al cigarro antes de tirarlo y entramos de nuevo en la sala.

Me cuesta un poco acostumbrarme a la luz del interior. El brillo del sol se ha quedado en mi retina y veo lucecitas por todas partes. Me siento en la silla con la mirada clavada en el suelo.

—Muy bien, Chloe, cuando quieras —dice Rick.

Escuchamos un carraspeo, pero no empieza a cantar. Parpadeo un par de veces y levanto la cabeza. Al distinguir a aquella chica menuda, con los ojos marrones y el pelo castaño, no puedo creerme la suerte que tengo.

—¡¿Katherine Taylor?!

—Aquí dice Chloe Williams —me corrige la asistente.

—Lo siento, tengo que irme… —contesta la chica y se marcha de forma apresurada.

—¡Espera, Katherine! —me levanto de un salto y voy tras ella. Al ver que la sigo, echa a correr. La alcanzo cuando sale a la calle—. ¿Dónde vas? Aún no has hecho la prueba.

—No la voy a hacer, no sé cantar —contesta sin detenerse.

Corro un poco más deprisa para colocarme delante de ella y tiene que detenerse.

—¿Cómo que no sabes cantar? Seguro que sabes, si no, no vendrías a una audición.

—No, no se me da bien. —Me esquiva y sigue caminando deprisa—. A mí lo único que se me da bien es servir café.

—Perfecto, me gusta el café, necesito a alguien que me sirva el café. ¡Te contrato!

—No puedes contratarme así. —Suelta una carcajada—. Además, yo ya tengo trabajo… ¡en una cafetería!

—Dime cual es e iré todos los días a tomar café. —Camino tras ella, que se ríe nerviosa—. Por favor, no te vayas otra vez… me encantaría volver a verte.

La agarro del brazo. Ella se detiene y se gira hacia mí. Estudia mi cara, como si tratase de adivinar si hay algún tipo de trampa.

—Dame tu número de teléfono —le pido antes de que salga corriendo otra vez—. O déjame que te apunte el mío.

Se lleva las manos al bolsillo trasero del pantalón y abre mucho los ojos, como si se acabase de dar cuenta de que no lo lleva encima. Se pone a rebuscar en su bolso.

—¡Jonas! —Zach me grita desde la puerta—. Necesitamos que vuelvas. Ha entrado la última chica.

—Al menos, dime como te llamas de verdad —imploro, ignorando a Zach.

—Me llamo Chloe. —Deja de buscar el móvil y resopla—. Chloe Williams.

—¿Tienes un boli, Chloe?

Saca del bolso un bolígrafo rosa con purpurina.

—Me lo regaló una amiga —se excusa, ruborizándose.

—Es una preciosidad. —Sonrío. Tomo su mano, le arremango el jersey y le escribo mi teléfono en la piel de su antebrazo—. Nunca doy mi número personal, porque valoro mucho mi privacidad, pero aquí lo tienes. Puedes hacer con él lo que quieras, aunque lo que más me gustaría es que lo marcases para llamarme.

Cierro el bolígrafo y se lo devuelvo. Ella observa el número que le acabo de apuntar. Me mira a los ojos y sonríe.

—Gracias, Jonas —dice al final.

Zach me grita de nuevo para que regrese a la audición y le pido un minuto. Antes de marcharme, hay una última cosa que quiero hacer.

—Por cierto… —Tomo su cara entre mis manos y me inclino despacio sobre ella. Me muero por robarle un beso, pero no quiero que sea en contra de su voluntad. Chloe entreabre los labios y sé que puedo lanzarme.

En cuanto empezamos a besarnos, vuelvo a sentir aquella excitación adolescente. Mordisqueo sus labios con los míos y enseguida su lengua invade mi boca. Es un beso más corto que la noche de la fiesta, pero mucho más intenso que esa primera vez. Como si hubiéramos regresado justo al mismo punto donde lo dejamos entonces.

—Ha sido un placer conocerte, Chloe Williams —me despido.

Y tras guiñarle un ojo, regreso corriendo con Zach, que está a punto de perder la paciencia.

CAPÍTULO 8

Chloe

Llego al trabajo diez minutos tarde. Aquel encuentro con Jonas Reed me ha alterado tanto, que me he equivocado de sentido al coger el autobús. Cuando me he querido dar cuenta, estaba en la otra punta de la ciudad y he tenido que tomar otro autobús de vuelta para deshacer el camino.

Aunque la prueba era para Heartland Records, no imaginaba que Jonas pudiera estar allí. El anuncio solo decía que buscaban una aspirante sin trayectoria musical conocida y, una vez más, Kat había pensado que yo era exactamente lo que querían, como si lo hubieran redactado para mí. Acaricio mi antebrazo, donde llevo apuntado su teléfono, y me río al imaginar la cara que pondrá mi amiga cuando se lo cuente todo esta noche.

Empujo la puerta de la cafetería y entro con prisa, directa al cuarto de empleados. Dejo mi bolso en la taquilla y salgo atándome el delantal. Detrás del mostrador, mi jefe me mira furioso.

—¡¿Qué horas son estas de llegar?! —dice dando golpecitos con dos dedos sobre su muñeca.

Miro mi reloj: pasan doce minutos de las cuatro. No he llegado a la hora en punto, pero tampoco es tan grave como para ponerse así.

—Lo siento, mañana entraré quince minutos antes para compensar...

—¡¿Te crees que con quince minutos ya está arreglado?! —me grita delante de todos—. Hace tres horas que tenías que estar aquí...

Me quedo blanca. Estaba segura de que, esta tarde, mi jornada empezaba a las cuatro.

—Pensaba que el turno de la una lo cubría Jess...

—¡Chloe, por Dios! —Mira al cielo, cada vez más desesperado—. Jess está enferma, anoche te escribí para preguntar si podías cambiarle el turno y me contestaste que no había problema... ¿o es que ya no te acuerdas?

Me cubro la cara con las manos. La noche anterior estaba tan agobiada pensando en la prueba que olvidé el mensaje nada más responder.

—Perdóname, he tenido una audición esta mañana...

—¡¿Y por eso no me has cogido el teléfono, por tu puñetera audición?! —Vuelve a elevar la voz. Los cuatro clientes que ocupan las mesas nos miran asustados—. Te he llamado más de diez veces, pero la estrella del pop no se ha dignado a contestar…

—Me he dejado el móvil en casa —digo con un hilo de voz, pero no parece oírme.

—…estaba en una reunión y he tenido que dejar plantados a los inversores para venir yo mismo a servir los cafés. ¡¿Para esto te pago?! ¡¿Para que pierdas el tiempo en esas audiciones en las que no te atreves a cantar?! Yo necesito una camarera que se tome en serio su trabajo y se deje de sueños absurdos… porque, seamos realistas, ¡nunca lo vas a conseguir! —Cruzamos la mirada. Está rabioso y me ataca donde más me duele. Al darse cuenta, se agarra al mostrador con las dos manos, baja la cabeza y respira hondo—. Chloe, estás despedida. Recoge tus cosas y vete de aquí.

Abro mucho los ojos, sin dar crédito. Noto un nudo en la garganta y muchas ganas de llorar.

—Lo siento, no volverá a ocurrir…

Lo digo muy bajito, pero resuena por toda la cafetería, rompiendo aquel silencio sepulcral. Me quedo quieta, esperando que responda que no habla en serio. O que se lo ha pensado mejor y no me va a despedir. Busco su mirada, pero sigue contemplando el suelo.

Sin quitarme siquiera el mandil, recojo mi bolso de la taquilla y me voy lo más rápido que puedo.

Camino absorta durante varias manzanas, no me creo que acabe de perder mi empleo. No estoy demasiado preocupada por el futuro inmediato, tengo unos ahorros y puedo encontrar otro trabajo de camarera con relativa facilidad, pero las palabras de mi jefe me han calado hondo. No puedo parar de repetirlas en bucle y me pongo a sollozar. Estoy triste, avergonzada y, a la vez, furiosa.

La cafetería ha sido siempre mi máxima prioridad, lo de ser cantante es un deseo imposible que, últimamente, ya solo Kat se encarga de alimentar. Sin ella, haría mucho tiempo que ya lo hubiera abandonado, porque, cada vez que salgo de una audición con aquel nudo en la garganta, es mi empleo el que me mantiene con los pies en la tierra, ligada a la vida real. En esos momentos, más que nunca, agradezco tener un trabajo ordinario en el que no me bloqueo como cuando estoy sobre un escenario. Un trabajo para la gente del montón...

Y, entonces, algo hace clic en mi cabeza.

Me enciendo un cigarro, tratando de calmarme. Después de un par de caladas, tengo que admitir que mi jefe tiene razón: siendo realistas, nunca conseguiré ser cantante... porque no me lo tomo en serio. Durante mucho tiempo, mi trabajo me ha servido de excusa. Este es el momento de empezar a hacerlo.

Al llegar a casa, voy corriendo a por mi móvil. Cruzo los dedos por encontrarlo donde lo dejé anoche. Y ahí está. Me espera en la mesita, mostrando las notificaciones de las diez llamadas perdidas de mi jefe y un mensaje de Kat, que me pregunta qué tal me ha salido la audición.

Desbloqueo la pantalla y me siento en la cama. Marco el número que Jonas Reed me ha apuntado en el brazo un par de horas antes, respiro hondo y coloco la mano sobre mi pierna derecha, que ha empezado a moverse compulsivamente.

Al segundo tono, descuelga. Sin dejarle saludar, pregunto de forma atropellada.

—¿Jonas? Soy Chloe. ¿Aún estoy a tiempo de hacer esa prueba?

Tarda unos segundos en responder. Le escucho chasquear la lengua.

—Me parece que ya es tarde, pero… ¿haces algo mañana?

—Estoy libre, ¿por qué?

—Porque me encantaría invitarte a cenar.

Me pregunta si tengo alguna alergia, o si soy vegetariana. Tras contestar que no a sus dos preguntas, quedamos en que me recogerá mañana a las ocho. Al colgar, bailo como una loca por toda la casa, porque no puedo creerme mi suerte.

Tengo una cita con Jonas Reed.

CAPÍTULO 9

Jonas

Entro en el vestidor según salgo de la ducha. Me pongo unos vaqueros rasgados por las rodillas y una camisa negra de las que quedan un poco ajustadas. Aunque nunca me han faltado mujeres que llevarme a la cama, hace mucho tiempo que no tengo una cita y me estoy empezando a poner nervioso.

Me arremango la camisa, dejando al descubierto los tatuajes de mis antebrazos, y me miro en el espejo para recogerme el pelo. Desde la noche de la fiesta, esa especie de moño se ha convertido en mi peinado habitual.

—El coche ya está abajo… —Zach se asoma a la puerta y cruzamos la mirada a través del espejo—. Os llevará Bruce.

Asiento con la cabeza. Bruce es un gigante de casi dos metros y más de cien kilos, que está a cargo de mi seguridad. Uno de mis hombres de confianza, que también vive conmigo en la casa, al igual que Zach y que Maryam, la cocinera.

—¿Qué tal estoy? —le pregunto.

—Hecho un *dandy*. —Se ríe—. Te ha dado fuerte con esa Katherine.

—Se llama Chloe… —En ese momento, me acuerdo de que aún tenemos contratado a un tipo para buscar información sobre Katherine Taylor—. Por cierto, deberías cancelar los servicios del detective, ya no los necesitamos.

—Descuida, mañana mismo lo llamo —dice, y añade antes de irse —. No bebas.

—¡Tranquilo, papá! —le grito mientras me pongo las botas.

Bruce detiene el vehículo delante de un bloque de apartamentos: una construcción de dos plantas que parece de finales de los ochenta. Al piso superior se accede por unas escaleras externas, que terminan en un pequeño rellano.

A través de los cristales tintados no se aprecia demasiada gente por la calle, así que bajo un poco la ventanilla y me asomo, para inspeccionar la zona.

—¿Es aquí? —Confirmo con Bruce, que asiente—. Voy a mandarle un mensaje .

Saco el móvil y tecleo un texto breve para decirle que hemos aparcado junto a la entrada. Al momento, recibo su respuesta:

> **Chloe:** Bajo en un minuto.
> ¿Qué coche tienes?

Me río. Estoy decidido a que esta noche sea muy especial, así que he alquilado una limusina Cadillac Escalade de color negro. Sé que me arriesgo a que le parezca una horterada, pero seguro que no la dejo indiferente.

Jonas: Tranquila, lo verás enseguida.

Apoyo el móvil en el asiento. He reservado un comedor privado en el restaurante con las mejores vistas de la ciudad. Está en la planta treinta y cuatro de uno de los edificios más altos de Nashville, y la comida es deliciosa. Por algo tiene una estrella Michelin.

El teléfono vibra a mi lado:

Chloe: ¿No había un coche más grande?

Vuelvo a bajar la ventanilla. Chloe está a menos de un metro, con el móvil en la mano. Mira la limusina con expresión divertida, pero con los ojos brillantes. Definitivamente, le ha gustado la sorpresa.

Está preciosa: se ha puesto un vestido corto y ceñido de color negro, con una sola manga, y unos zapatos de tacón bastante altos. Doblada sobre su brazo desnudo, lleva una cazadora motera de color marrón.

—Había otro más grande, pero este hacía juego con mi camisa —le contesto y ella suelta una carcajada—. Espera, te abro.

Bruce pulsa un botón y la puerta comienza a elevarse despacio. Chloe abre mucho los ojos y se lleva la mano a la boca, tan sorprendida que no puedo evitar reírme.

Salgo del vehículo. Después de aquel par de besos robados, no tengo muy claro como saludarla. Opto por rodear su cintura con mi brazo y darle un beso en la mejilla.

—Estás muy guapa. —Sonrío, y le ofrezco mi mano para ayudarla a subir al vehículo.

Se sienta en uno de los asientos que recorren la parte trasera, sin dejar de mirar boquiabierta a su alrededor. Me acomodo a su lado.

—Nunca había estado en una limusina… —empieza a decir.

—¿Ni siquiera en el baile de graduación? —le pregunto, extrañado. Ella aprieta los labios y mueve la cabeza—. ¿Y es como la imaginabas?

—Es mejor. —Chloe asiente, mirando las tiras de luces azules que recorren todo el interior. Repara en una barra con varias copas y una cubitera—. ¿Tiene hasta un minibar?

—Sí, ¿quieres tomar algo? —me acerco a la barra. Al abrir la neverita, frunzo el ceño—, tengo agua con gas, refrescos…

—Una cerveza.

—Es sin alcohol. —Me encojo de hombros. Chloe enarca las cejas, sin entender—. Acabo de salir de una clínica de desintoxicación…

—¡Joder, joder, joder! —Se tapa la cara con las dos manos, como si se diera cuenta de algo—. Es verdad, lo vi en una revista. ¡Y yo ofreciéndote vino en la fiesta!

Cojo un par de cervezas de la nevera y le quito la chapa con el abridor. Regreso a su lado y le paso la suya.

—Siento mucho haberte hablado de esa manera —me disculpo.

Chloe me mira a los ojos y bebe de su cerveza. Después, sonríe.

—Te voy a perdonar por esta vez… porque pareces arrepentido y porque me pone de buen humor estar montada en una limusina que se abre como una nave espacial, pero no te acostumbres; si vuelves a tratarme así, no pienso hacerlo de nuevo ¡aunque me traigas la mismísima nave espacial!

Suelto una carcajada. Esa chica es diferente a las que se me suelen acercar: es guapa, divertida y tiene un magnetismo propio. Estoy a punto de preguntarle qué tal lleva la mano cuando escucho maldecir a Bruce en el asiento del conductor.

—¿Qué pasa?

—Jonas, no puedo llegar al restaurante, está todo lleno de *paparazzi*.

CAPÍTULO 10

Chloe

Miro a través de las lunas tintadas de la limusina. Hemos entrado en una calle bastante céntrica de la ciudad. Al fondo, reconozco uno de los rascacielos más emblemáticos de Nashville, el que tiene un restaurante con las paredes de cristal en la última planta. Agolpados en la puerta y en la entrada del *parking*, varios reporteros con sus cámaras y micrófonos.

—¿Vamos a cenar ahí? —le pregunto a Jonas, que asiente distraído mientras busca un contacto en su teléfono.

—Tengo que llamar a Zach.

Vuelvo a asomarme a la ventanilla. Lo escucho exponer el problema y después soltar unos cuantos monosílabos y resoplidos de frustración. Tras colgar la llamada, se levanta del asiento y se dirige al conductor.

—Parece que se ha filtrado que vendríamos a cenar aquí… el contacto de Zach hoy no estaba disponible y lo ha gestionado por otro lado —le explica.

—Voy a tener que dar la vuelta, es imposible acceder sin que nos asalten.

El semáforo se pone en verde y giramos a la derecha. Contemplamos, en silencio, cómo nos alejamos de aquel edificio tan singular. Jonas suspira desilusionado.

—¿No hay ninguna otra manera de llegar al restaurante, Bruce?

—No, no es seguro. La prensa quiere carnaza. Has estado dos meses retirado de la vida pública y todos van en busca del nuevo titular sensacionalista. Son capaces de provocarte para conseguir una buena portada. —El conductor nos mira a través del retrovisor—. Ni siquiera creo que volver a casa sea la mejor opción en este momento…

—¿Y qué hacemos ahora si no podemos llegar al restaurante? —Abatido, Jonas se echa hacia atrás en el asiento y se masajea con dos dedos el puente de la nariz.

Decido intervenir. Busco en internet la dirección de una de mis hamburgueserías favoritas, a la que Kat y yo solemos ir de resaca los domingos para compartir un combo familiar.

—Tengo un plan —le digo. Jonas levanta la cabeza y yo le enseño mi móvil—. ¿Conoces este sitio?

—¿Quieres que cenemos allí? —Enarca las cejas, entre sorprendido y curioso.

—¿Por qué no? Las patatas fritas están de muerte y hay servicio de recogida desde el coche… —digo como si fuera la cosa más obvia del mundo, lo que le hace soltar una carcajada—.

Podemos coger unas hamburguesas e ir al Love Circle… ese parque también tiene unas vistas preciosas de la ciudad.

Toma mi móvil y se acerca al asiento del conductor, para mostrarle la dirección en la pantalla.

—Por mí no hay problema —asiente con la cabeza, dando su aprobación—. No creo que la prensa espere encontrarnos por allí.

La limusina está aparcada en una zona elevada del parque. Bruce ha salido del vehículo para darnos algo más de intimidad. Con la espalda apoyada contra la puerta del conductor, engulle su cena contemplando las vistas.

Hemos pedido dos combos familiares, uno para nosotros y otro para Bruce. Además de las patatas fritas, Jonas se ha empeñado en añadir aros de cebolla y, de postre, unas tarrinas de helado con sirope de chocolate.

—Creo que no suelen ir demasiadas limusinas a recoger la cena… Me va a costar olvidar su cara de sorpresa. —Se ríe Jonas, recordando la expresión de la chica que nos entregó el pedido. Saca las dos hamburguesas de la bolsa de papel y me pasa la mía.

—Como me caiga kétchup en su vestido, Kat me mata. —Doy el primer bocado y me limpio la boca con la servilleta.

—¿Kat de Katherine?... ¿Katherine Taylor?

—Sí, es mi compañera de piso —asiento.

—¡¿Tu compañera de piso se llama Katherine Taylor?! —Jonas me mira boquiabierto y luego se echa a reír—. Ahora sí que no entiendo nada.

Doy un sorbo a mi refresco para pasar ese primer bocado e intento justificarme.

—La noche de la fiesta me estaba haciendo pasar por ella. Tuvo un pequeño accidente y me pidió que la sustituyera para no perder aquel empleo...

—Pues siento decirte que no le salió demasiado bien —me interrumpe, haciendo un esfuerzo por no reírse—, porque recuerdo que aquel encargado te acabó despidiendo...

—Eso parece... por suerte, solo era uno temporal —Me rio. No tengo ganas de hablar de trabajo después de lo que me pasó ayer, así que decido cambiar de tema. Le ofrezco patatas fritas para que las pruebe. Al meterse una en la boca, gruñe con satisfacción—. ¿Te gustan?

—Deliciosas... —Sonríe—. Esta noche quería impresionarte con mi elección culinaria, pero, al final, parece que ha sido al revés.

Terminamos de cenar haciendo un listado de nuestros restaurantes preferidos. No coincidimos en ninguno, así que hacemos otra lista de todos los sitios a los que tenemos que ir juntos, ordenados por prioridad. El primero es su favorito: un *steakhouse* de Nueva York, del que no conozco ni el nombre, y él no me lo puede perdonar.

Cerramos el pacto con un apretón de manos y suelto una carcajada: me cuesta creer que algún día vayamos a ir a uno de esos restaurantes, pero me lo estoy pasando estupendamente.

Soy seguidora de Jonas Reed desde hace muchos años y siempre me ha parecido un tipo muy atractivo: alto, delgado pero fuerte, con el pelo rubio, un poco rizado, y los ojos grises. Tiene un aire melancólico de músico atormentado, y ese no sé qué salvaje de estrella del *rock*. Normalmente, me sentiría intimidada junto a alguien así, pero, al contrario de lo que hubiera imaginado, estoy muy a gusto con él, aunque nuestros mundos sean tan diferentes. Me resulta encantador, no entiendo por qué la prensa siempre lo ha tildado de déspota intratable.

Termino mi helado y me recuesto en el asiento.

—Creo que voy a reventar —gimoteo.

—¿Ahora? Pero si vamos a hacer la prueba… —Jonas se levanta y va hacia la parte trasera de la limusina.

—¿Qué prueba? —digo asustada, incorporándome de un salto.

—¿No me preguntaste ayer si aún estabas a tiempo de hacerla? —Regresa con una guitarra. Se sienta a mi lado, pasando la correa por encima de su cabeza. Toca algunas notas, ajusta un par de clavijas, y vuelve a hacerla sonar, comprobando que está afinada—. Muy bien, señorita Williams, espero que esta vez no salga corriendo…

—¿Así que este era tu plan? —lo interrumpo—. ¿Cebarme para que hoy no pudiera huir?

—Ni siquiera sé por qué lo hiciste ayer… —me mira confuso.

Respiro hondo, soltando el aire por la boca. Mi cabeza va a mil por hora, dudando si confesarle que un miedo incontrolable me paraliza en aquellas audiciones y me llega a bloquear. Decírselo sería lo más sencillo, y seguramente, después de darle una buena explicación, él lo aceptaría sin insistir mucho.

Pero una parte de mí quiere cantar con Jonas. Ayer, con el subidón del momento, lo había llamado para preguntarle si podía hacer la prueba, y, hoy, la vida me estaba regalando una oportunidad. Realmente, no era una audición como las demás, solo éramos dos amigos con una guitarra, disfrutando de una noche juntos…

Asiento con la cabeza y carraspeo. Jonas se da cuenta de que estoy nerviosa y me aprieta la mano. Lo miro a los ojos.

—Chloe, te va a salir bien —me susurra con una sonrisa—. Yo creo en ti.

Me besa la mano antes de soltarme. Toca los primeros acordes del tema que me había preparado para la audición. Cierro los ojos…

Y, no sé cómo, mi voz empieza a fluir.

Canto las dos primeras estrofas con los ojos cerrados. Me parece irreal, como si aquella voz que escucho no fuese la mía. Tengo miedo de abrirlos por si la magia desaparece y me quedo muda. Al llegar al estribillo, Jonas empieza a cantar conmigo.

Abro los ojos y nos miramos. En lugar de enmudecer, mi voz surge con más fuerza. Brota desde el interior, sube por mi garganta y baila con la de Jonas hasta fundirse en aquella melodía. Nos cantamos el uno al otro, como si no existiera nadie más. Noto vértigo en el estómago y mucha tensión en los músculos, pero, a la vez, una cálida sensación de paz recorre mis entrañas.

Es tan intenso que no sé si reír o llorar.

Al acabar, nos miramos en silencio, escuchando nuestra respiración entrecortada. Nos hemos acercado mientras cantábamos, sin darnos cuenta. Como si tuviéramos una especie de imán.

Me froto la cara y noto que me arden las mejillas. Caigo hacia atrás en el asiento, lo que lo hace reaccionar.

—Joder, Chloe. —Deja la guitarra a su lado y se pasa el brazo por la frente, como si se limpiara el sudor—. Ha sido… impresionante. Rick tiene que oírte. Voy a llamarlo para concertar una nueva audi…

—¡No, espera! —Lo freno al ver que se lleva la mano al bolsillo en busca del móvil. Han vuelto, de golpe, todas mis inseguridades—. Verás, yo… tengo miedo escénico. —Jonas enarca una ceja y me apresuro en darle una explicación—. Eso es lo que me pasó ayer por la tarde, me bloqueo frente a desconocidos y siempre salgo corriendo. Ni siquiera entiendo cómo he sido capaz de cantar contigo…

—Pero si eres muy buena, Chloe —insiste Jonas—. Rick tiene que escucharte, aunque sea por teléfono.

—Por favor, —suplico, notando que me tiembla la voz—, no voy a poder repetirlo dos veces en la misma noche.

—Está bien, no hay problema. —Jonas levanta las manos, para remarcar que no haría nada que yo no quisiera.

Escuchamos alboroto en el exterior. Bruce abre la puerta y sube al coche.

—Me temo que debemos irnos —nos dice—. Hay un grupo de chavales montando escándalo y es mejor que no nos descubran aquí.

CAPÍTULO 11

Jonas

Esa mañana salgo a correr muy temprano, como llevo haciendo cada día desde que he vuelto de la clínica de desintoxicación. El aire frío me golpea en la cara antes de llenarme los pulmones. En mi MP3 suenan las maquetas del nuevo álbum, las que aún no me he aprendido a pesar de que empezaremos a grabarlas en solo tres días.

Termina una canción. Escucho a mi espalda las pisadas de Bruce, que me sigue a una distancia prudencial. Se empeña en ser mi sombra, aunque el circuito que recorremos cada mañana no exceda los límites de la propiedad.

Comienza a sonar la siguiente pista y al instante reconozco los acordes; es el tema que canté con Chloe anoche en la limusina. Se me eriza la piel al recordarlo.

Había empezado suavemente, con los ojos cerrados. Tenía una voz dulce, que se rasgaba en las notas más bajas de una forma muy sensual. Cantaba como si estuviera sola, irradiando una energía magnética, y yo no podía dejar de contemplarla. Era una sirena que me tenía hipnotizado.

Al llegar al estribillo no pude evitar unirme. Necesitaba tocarla, acariciarla con mi voz. Por un instante temí haber roto la magia, pero cuando abrió los ojos, sentí una conexión tan fuerte que me costaba explicarla con palabras.

Su energía recorría mi cuerpo, fluyendo por mis venas, y, de alguna manera, volvía a ella otra vez, en una especie de bucle infinito. Nuestras voces encajaban, se complementaban, eran armonía pura... Disfrutamos de un momento de auténtica intimidad.

Aquella chica era muy especial, y ella ni siquiera lo sabía.

Cuando una sonrisa llena mi cara, me doy cuenta de que me estoy empezando a enamorar.

Al salir de la ducha, bajo a la cocina. Antes de ponerme a ensayar necesito un café. Saludo a Maryam, la cocinera, y me siento a la mesa con Zach, que ojea el periódico mientras desayuna.

—¿Qué tal ayer? —se interesa, pasando la página.

—Estupendamente —Sonrío a Maryam que coloca una taza grande frente a mí y la llena de café hasta el borde.

—¿Ya se ha ido o tengo que echarla? —Zach enarca una ceja sin apartar la vista del papel.

Suelto una carcajada. Hubo una época, después de que Shayla se marchase por primera vez, en la que salía cada noche a emborracharme y, por la mañana, amanecía con una o dos chicas nuevas en la cama. Odiaba verlas al despertar, pero me costaba mucho pedirles que se fueran, así que se encargaba Zach. Nunca supe qué les decía: yo le avisaba antes de entrar en la ducha, y al salir, ellas ya no estaban.

—No ha dormido aquí —echo el azúcar y remuevo mi café—. La dejé en la puerta de su casa antes de medianoche, besito incluido.

—Vaya, eso sí que es nuevo. —Cierra el periódico y lo dobla por la mitad, prestándome toda su atención—. Ahora me dirás que tampoco bebiste alcohol.

—Ni una gota. Puedes estar orgulloso. —Doy un sorbo a mi café—. Por cierto, tiene una voz espectacular, hay que repetirle la prueba…

—Olvídate, Alison West ya ha firmado el contrato. —Me interrumpe—. Y se la está tirando Rick, así que no hay nada que hacer.

—No lo entiendes, la escuché ayer y fue algo mágico. —Insisto y una sonrisa burlona aparece en la cara de Zach. Miro mi taza de café, un poco avergonzado—. Es fascinante, de verdad.

—Para este álbum, imposible, pero quizás para el próximo.

Asiento. Nos terminamos el café en silencio. Zach responde a un par de mensajes en su teléfono mientras yo miro por la ventana y pienso en Chloe. Anoche, antes de dormir, había decidido invitarla a mi restaurante favorito en el Midtown. Hacía mucho tiempo que no me divertía tanto estando sobrio y solo podía pensar en volver a verla.

—Quiero llevarla mañana a Nueva York. —Me giro hacia mi manager.

Zach abre mucho los ojos, y me mira por encima del móvil.

—Empezamos a grabar el lunes... —contesta, dejando la frase a medias.

Sé exactamente lo que quiere decir, no le hace falta añadir nada más. La última vez que estuve en Nueva York con Shayla, perdimos la noción del tiempo y nos pasamos tres días de fiesta, completamente colocados. Hubo que anular mi concierto en el Madison Square Garden y devolver el dinero de las entradas, lo que nos generó muchísimas pérdidas y problemas legales. La prensa se cebó conmigo, mis adicciones se convirtieron en el tema de debate público en televisión...

Aunque, sin duda, lo peor fue que Zach ya no volvió a confiar en mí.

—Lo sé —contesto.

Nos miramos a los ojos, en un diálogo sin palabras. Zach se levanta, agarra el periódico y se encoge de hombros.

—Tú verás, Jonas. Ya eres mayorcito.

En cuanto sale de la cocina, saco mi móvil y le envío un mensaje a Chloe, preguntándole si tiene algo que hacer mañana.

CAPÍTULO 12

Chloe

—No entiendo que te recoja a la una si va a invitarte a cenar... —Kat se sienta en mi cama sujetando una taza de té entre las manos, mientras yo termino de arreglarme para mi cita con Jonas.

—Yo tampoco, pero no me ha querido decir nada más…

Son las doce y media de la mañana de un sábado, y yo llevo más de una hora decidiendo qué ponerme. Me pruebo unos vaqueros grises y un *body* negro de Kat, que tiene encaje en el escote.

—Eso te queda muy bien —dice mi amiga—. Con unos pendientes grandes y una chaqueta negra irás perfecta para donde sea que vayáis…

Deja la taza en la mesita y va hacia su habitación. Regresa con unos aros de plata de los que cuelga una estrella. Le sonrío al ponérmelos. Completo el conjunto con una americana y unos botines negros de tacón bajo.

—Tienes un don para la moda, deberías dedicarte a esto. —le digo mientras me miro al espejo—. ¿Qué tal estoy?

—Guapísima... llévate condones, que los vas a necesitar. —Mete un par de preservativos en el bolsillo de la chaqueta y nos entra la risa. Después añade, un poco más seria—. Ten cuidado, Chloe. Tengo miedo de que se ponga hasta el culo y...

El timbre suena, interrumpiéndola. Respiro hondo y sonrío a mi amiga.

—Tranquila. —Le doy un beso en la mejilla, cojo el bolso y voy hacia la puerta. Kat viene detrás.

—Hola, nena... —Me saluda Jonas con una media sonrisa.

Está tan atractivo como siempre. Se ha dejado el pelo suelto y lleva puesta una gorra, supongo que para que no lo reconozcan. Estoy a punto de contestarle cuando baja la mirada hasta el encaje de mi escote. Se muerde el labio con disimulo, de un modo tan *sexy* que, durante un instante, dejo de respirar.

—Hola... —consigo responder en un susurro.

Él levanta la vista, vuelve a sonreír, y tomándome de la cintura, se inclina a besarme en los labios.

—Estás preciosa —me susurra antes de incorporarse. Después extiende la mano y saluda a mi amiga—. Tú debes de ser Kat... Soy Jonas, encantado.

Me giro hacia ella, que se la estrecha con una sonrisa de las que dicen «soy muy maja, pero como le hagas daño a mi amiga, te mato». Intercambian un par de frases de cortesía hasta que Jonas mira el reloj.

—La reserva es a las seis, pero se tarda un poco en llegar.

—No os entretengáis, que se os va a hacer tarde —Kat se ríe y, guiñándome un ojo, señala con la barbilla el bolsillo de mi chaqueta—. Pasadlo bien.

Bruce nos espera en el coche, que en esta ocasión es un Toyota Corolla de color negro.

—Vaya, y yo que pensaba que traerías el grande... —bromeo al subir.

—¿Te gustan grandes? —responde Jonas levantando una ceja, y noto como me ruborizo—. No te preocupes, que tengo algo muy grande para ti.

Por la carcajada que suelta, mi cara ha debido de ser un poema. Eso me pasa por chulita. Cierro los ojos y me cubro con las manos, queriendo desaparecer.

—No seas malpensada —Jonas no para de reírse—. Enseguida lo verás.

Quince minutos más tarde, estamos en el aeropuerto. Bruce detiene el coche en una de las pistas, frente a un *jet* privado.

—¿Vamos a ir en avión? —le pregunto, atónita, al bajar del vehículo.

—Sí —responde tomándome de la mano—. ¿Te parece lo suficientemente grande?

Le doy un puñetazo en el brazo, fingiendo indignación. Jonas se lo frota, con una mueca de dolor exagerada en el rostro. Nos dirigimos hacia la escalinata, junto a la que nos espera una azafata guapísima.

—Bienvenidos a bordo. —Nos saluda, invitándonos a subir.

Entro en el *jet* privado y me quedo sin aliento. Si el exterior me ha impresionado, aún más lo hace el interior.

La cabina está dividida en tres espacios: uno para la tripulación, que incluye una cocina; y dos estancias para los pasajeros, separadas por una mampara. En la primera, cuatro asientos de piel beige, enfrentados en dos filas; en la del fondo se aprecian un par de sofás de dos plazas que, por lo que había visto en las películas, deduzco que se convertirán en camas.

Huele a cuero, a madera recién pulida, y a algo que me recuerda al ambientador de las tiendas caras. Es el aroma del lujo y la sofisticación.

Me siento en una de las butacas, sin dejar de observarlo todo. Estoy impresionada de encontrarme a bordo de un avión privado. No tiene nada que ver con aquel ruidoso vuelo comercial con el que había atravesado el país un par de años antes.

Jonas se sienta frente a mí. Cuando cruzamos la mirada, me sonríe.

—¿Dónde vamos? —le pregunto con ilusión, como si fuera una niña pequeña.

—Quiero llevarte a mi restaurante favorito, el *steakhouse* que te comenté…

—¿El de Nueva York? —Jonas asiente y yo abro mucho los ojos—. Nunca he estado en Nueva York… ¿Crees que nos daría tiempo a hacer turismo? Me encantaría ir a Times Square.

—¡Claro! ¿Por qué no? No está muy lejos del restaurante...

Suelto un gritito de felicidad y voy a saltar encima de él para besarlo, pero la azafata aparece a nuestro lado.

—Por favor, señores, abróchense los cinturones —nos pide con una sonrisa—, estamos a punto de despegar.

Dos horas y media más tarde, aterrizamos en el aeropuerto de Teterboro, en Nueva Jersey, a menos de veinte kilómetros de Manhattan. Al bajar del avión, un Mercedes s500 con los cristales tintados nos espera en la pista.

Bruce abre la puerta trasera para que entremos, luego sube al asiento del copiloto. Mientras se pone el cinturón, le da al conductor la dirección del restaurante.

—Espera, Bruce —le interrumpe Jonas—, aún no son ni las cinco. Nos da tiempo a pasar antes por Times Square para hacer un poco de turismo...

Al oírlo, sonrío. Confirma el cambio de itinerario y pone un poco de música. Jonas me tiende su mano y yo la estrecho.

—Gracias —digo ruborizándome—. Sé que suena muy poco sofisticado, pero no podría perdonarme venir a Nueva York y marcharme sin visitar ninguno de sus lugares más conocidos...

Jonas suelta una carcajada.

—¿Sabes, Chloe? He venido un montón de veces a Nueva York, pero nunca se me había pasado por la cabeza que debería visitar ciertos sitios... —Me guiña un ojo—. Hoy es el día, haremos turismo.

Treinta minutos más tarde, estoy paseando por Times Square de la mano de Jonas Reed y todo me parece parte de un sueño. Mi mirada va y viene de las pantallas más altas, en las fachadas de los edificios, hasta su gorra y sus gafas de sol, bajo las que oculta gran parte de su rostro.

Bruce nos sigue a unos pasos de distancia, para no llamar la atención. A pesar de que estamos rodeados de gente, nadie parece darse cuenta de que una estrella del *rock* camina a su lado. Me sorprende que no lo reconozcan, aunque supongo que, desde fuera, parecemos una pareja bastante normal.

—¿Quieres que nos sentemos? —Señala la escalinata roja en mitad de la plaza. Asiento con entusiasmo, porque he leído que desde allí se disfrutan de unas vistas privilegiadas.

Subimos a las gradas del fondo, las que están más arriba. Jonas se sienta en un escalón y separa las piernas, dejándome un hueco en medio. Una vez acomodada, me abraza desde atrás.

—Es la primera vez que estoy aquí —me susurra al oído.

—¿En estas escaleras? —pregunto ladeando la cabeza. Jonas asiente—. ¿Te gustaría que nos hiciéramos una foto para inmortalizar el momento?

—Claro, hazla con tu móvil.

Saco el teléfono de mi bolso y pongo la cámara en modo *selfie*. Jonas se quita las gafas de sol y nos hacemos varias fotos, hasta que conseguimos una que nos gusta a los dos. Vuelve a ponérselas y me da un beso en el cuello.

—Pásamelas por WhatsApp…

Escuchamos unas risitas y nos giramos: a nuestra derecha, un par de escalones más abajo, un grupito de adolescentes nos mira de forma descarada.

—Oye, ¿eres Jonas Reed? —pregunta la que lleva el pelo recogido en una coleta, que parece la más atrevida de todas.

—Te equivocas… —Jonas niega con la cabeza, aparentando tranquilidad, aunque noto como se tensa a mi espalda.

—Pues yo creo que sí lo eres —insiste la chica—. A ver, quítate las gafas.

Las amigas vuelven a reírse, nerviosas, y nos apuntan con sus teléfonos móviles.

—Vámonos, Chloe, antes de que se arme más revuelo —me susurra Jonas.

Nos ponemos en pie. Bajamos las escaleras deprisa entre fotos y grititos histéricos de «¡Sí, es él!». Noto el corazón en la garganta. Su mano, en mi espalda, presiona para que no me detenga. Al pie de la escalinata nos espera Bruce, que nos rodea la cintura con su brazo y nos abre paso de vuelta al coche. Por suerte, llegamos enseguida, sin ningún otro contratiempo.

—¿Directos al restaurante? —nos pregunta al entrar y Jonas asiente.

El coche arranca, dejando atrás la plaza. Miro por la ventanilla. Las adolescentes observan sus móviles y dan saltitos encima de las escaleras. Suspiro, exhalando con fuerza.

—¿Estás bien? —Jonas pone una mano en mi rodilla.

—Siento la que se ha liado por mi idea de hacer turismo...

—¿Por tu idea? —Se ríe con un resoplido—. Chloe, esto me ocurre continuamente. Sabía que podía pasar. —Se encoge de hombros—. Es lo que tiene ser famoso: por un lado, te permite llevar a una chica a Times Square en la primera cita, pero por otro, no puedes sentarte en las escaleras con ella sin que te descubran.

Su sonrisa me tranquiliza. Antes de que pueda contestar, el coche se detiene en la puerta del restaurante. Bruce se baja del vehículo para abrirnos.

—Gracias —le digo al pasar por su lado, y él me guiña un ojo.

Nos recibe el dueño del *steakhouse*, un señor bajito y medio calvo, que saluda a Jonas con un fuerte apretón de manos.

—¡Cuánto tiempo sin verte! Te echábamos de menos. Venid, tengo reservada tu mesa favorita…

Lo seguimos hasta el primer piso por una escalera lateral. Las paredes están pintadas de rojo, y decoradas con decenas de fotografías enmarcadas, donde aparece aquel hombre junto a un montón de actores y cantantes muy conocidos.

—Ahí está la mía —susurra Jonas y señala uno de los marcos al final de la escalera. Al pasar por su lado, me detengo un instante: aparece en el centro, con el pelo mucho más corto, flanqueado por el dueño del restaurante y por otro hombre, que me suena haber visto en algún lugar. Como si me leyera la mente, añade—: El otro es Zach, mi manager. Estaba en la fiesta de Heartland…

Nos acomodamos en la mesa, y enseguida viene un camarero a tomarnos nota. Pedimos ensalada y carne, con todos los acompañantes que ofrece el menú, porque Jonas no quiere que me quede sin probar ninguno. Duda si pedir también algún pescado, pero lo convenzo con la idea de dejar sitio para el postre.

—¿Y qué desean de beber? —pregunta el camarero—. Tenemos un *merlot* maravilloso que nos han traído del Valle de Napa.

Jonas levanta las cejas y aprieta los labios, como si le hubiera pillado por sorpresa. Estudia la carta unos instantes.

—¿Qué quieres beber, Chloe? —dice sin levantar la vista.

—Agua… con gas —contesto con rapidez. Y, susurrando, añado—. Con gas suena mucho más sofisticado.

—Para mí lo mismo. —Suelta una carcajada y le entrega su carta al camarero, que asiente con la cabeza antes de irse. Apoya los codos en la mesa, y entrelaza las manos, mirándome con una sonrisa—. Gracias, Chloe. Gracias por hacerlo todo tan fácil.

CAPÍTULO 13

Jonas

Lo paso genial en la cena. La comida está deliciosa, como siempre, y me divierto mucho con las anécdotas de Chloe, sobre todo con aquella en la que su amiga Kat casi quema la casa en Acción de Gracias, intentando preparar el pavo asado de la receta familiar.

—... lo metió en el horno, se olvidó de que estaba allí y se fue a la lavandería. ¡Imagínate mi cara cuando llegué de trabajar y encontré la casa llena de humo por culpa de un ave carbonizada! —Nos echamos a reír—. Y a ti, ¿se te da bien cocinar?

—No lo sé, cuando lo pruebe, te lo contaré —Me meto en la boca una porción de tarta de chocolate.

—¿No has cocinado nunca? —Me mira con sorpresa. Niego con la cabeza, divertido—. ¿Ni siquiera unos macarrones con queso?

—¿Para qué? Maryam hace los mejores macarrones con queso de Nashville…

La veo fruncir el ceño por un instante. Después baja la mirada al plato.

—¿Quién es Maryam? —pregunta distraída, fingiendo que no le importa la respuesta.

Parte un pedacito de tarta con el tenedor. Como tardo en contestar, alza la mirada.

—Maryam es mi cocinera, obviamente. —Sonrío levantando las cejas—. ¿Te has puesto celosa?

Se hace la sorprendida y mueve la cabeza con fuerza para negarlo, pero al darse cuenta de que la he pillado, le entra un ataque de risa. Me quedo embobado viéndola reír.

Me gusta mucho esta chica. Por extraño que parezca, Chloe y yo conectamos de un modo especial: lo sentí en aquel primer beso robado; también cuando cantamos juntos en la limusina; y, allí, en ese mismo momento, compartiendo una porción de tarta en nuestra segunda cita.

Tengo la impresión de que yo también le gusto de verdad, más allá de mi fama y mi dinero. Es una sensación maravillosa, notar que le importo, que se preocupa por mi bienestar. Lo veo en cada pequeño gesto, como declinar aquel vino y pedir agua con gas para no tentarme, porque sabe que no quiero beber alcohol. Chloe cree en mí, y yo no voy a decepcionarla.

Al salir a la calle, compartimos uno de sus cigarrillos mentolados. Aun a riesgo de que nos vuelvan a descubrir, decidimos dar un paseo hasta Central Park antes de regresar al aeropuerto. Chloe mira entusiasmada alrededor, disfrutando de la ciudad.

—Me lo estoy pasando muy bien, ojalá no tuviésemos que irnos tan pronto —me susurra, agarrándose de mi brazo.

—¿No tienes que trabajar mañana? —pregunto extrañado. Niega con la cabeza—. ¿Y eso?

—Resulta que hubo un pequeño malentendido con la hora de mi último turno… y mi jefe ha decidido que es mejor que no vuelva a trabajar allí.

—¿Te han despedido? —Confirmo. Ella arruga la nariz—. Vaya, lo siento mucho… aunque me tranquiliza saber que, esta vez, yo no tengo nada que ver.

—En realidad, ocurrió justo después de la audición, así que podríamos decir que también es culpa tuya —bromea.

—Entonces, voy a tener que compensarte… ¿Quieres que nos quedemos esta noche?

Chloe se detiene en seco y estudia mi cara, intentando distinguir si hablo en serio.

—¿En Nueva York? —pregunta y yo asiento—. ¿Y qué pasa con el vuelo?

—Es un *jet* privado, saldrá cuando nosotros queramos… —me encojo de hombros.

La cara de incredulidad de Chloe va cambiando a otra de ilusión. Tira el cigarrillo, me echa los brazos al cuello y me roba otro de aquellos besos.

—¿Vamos a Central Park? —me susurra al retirarse.
—Vamos a un sitio mejor —le contesto sonriendo.

CAPÍTULO 14

Jonas

Entramos al apartamento detrás de Bruce. Dejo pasar primero a Chloe, que exhala un silbido de admiración a la vez que se suelta de mi mano, la que ha estado apretando con nerviosismo durante los treinta y ocho pisos que acabamos de subir en el ascensor.

—Adelante. —Le señalo el pasillo.

Bruce cierra la puerta principal y me indica que estará en su habitación si lo necesito. Asiento con la cabeza y voy al salón detrás de Chloe.

—¡¿Eso es Central Park?! —pregunta con incredulidad, señalando la enorme cristalera que ocupa toda la pared, desde el suelo hasta el techo.

—Sí, ¿te gusta? —Me coloco tras ella y la abrazo por la espalda, rodeando su cintura con mis brazos.

—Es fantástico —responde, acariciando mi mano con la suya.

Había comprado aquel apartamento por recomendación de mis contables, que lo consideraban una buena inversión, pero no dudaba en usarlo cada vez que venía a la ciudad. Tres dormitorios y un enorme salón con las paredes de cristal, en uno de los rascacielos residenciales más altos de Manhattan.

La vista desde las ventanas es espectacular, con Central Park extendiéndose ante nuestros ojos. Está empezando a anochecer y el sol se oculta tras los edificios, tiñendo el cielo de un intenso tono anaranjado.

Contemplamos la puesta de sol abrazados en silencio. Me agacho para depositar un beso en su pelo, que huele ligeramente a vainilla, y Chloe ladea la cabeza, apretujándose contra mí. Voy a darle otro en el cuello, cuando mi teléfono comienza a vibrar. Suspiro molesto, antes de contestar la llamada.

—Dime, Zach.

—¿Dónde estás, Jonas? Bruce me ha dicho que no volvéis hoy…

—¿Y no te ha dicho dónde estamos? Mira que me extraña… —Suelto a Chloe y camino en dirección a la cocina. Desde allí la veo quitarse la chaqueta, dejarla en el sofá y avanzar un par de pasos hacia la cristalera, como si estuviera hipnotizada.

—No se lo he preguntado, solo le he mandado un mensaje para saber a qué hora aterrizabais…

—Estamos en el apartamento por el que pagué una pasta, disfrutando de las vistas. Hoy dormiremos aquí y mañana volveremos a Nashville. No te preocupes, llegaré a tiempo de grabar el peor álbum de mi carrera.

—¿Te la has llevado allí? —indaga, alarmado—. ¿Y si se lo cuenta a la prensa?

—No lo hará, Chloe no es de esas. —Sonrío al verla con la frente pegada a la ventana, totalmente ensimismada. El sol casi se ha ocultado por completo.

—Está bien, Jonas. —Zach suspira al otro lado de la línea—. Pero ten cuidado. No sabemos nada de esa chica, puede estar utilizándote para hacerse famosa, o ser una periodista en busca de la exclusiva…

—Tranquilo, papi —lo interrumpo—. Mañana nos vemos.

Cuelgo sin que pueda despedirse. Dejo mi móvil sobre la encimera y regreso con Chloe. Al notar mi presencia, se da la vuelta y me dedica una sonrisa antes de besarme de nuevo.

La agarro de las caderas y la estrecho contra mi cuerpo, que enseguida reacciona. No es ni medio normal lo que me pasa con aquella chica. Ella debe de notarlo, porque se pega más a mí, dejando escapar un suave gemido que me vuelve loco.

Aprieto sus nalgas con las dos manos y la impulso hacia arriba. Ella da un pequeño salto y enrosca sus piernas alrededor de mi cintura. Volvemos a besarnos, esta vez con más intensidad, dejando escapar algunos gemidos en la boca del otro.

—¿Vamos al dormitorio? —me pide en un susurro.

Quiero decirle que sí, que me muero de ganas, pero, por un instante, el miedo me paraliza. Hace muchísimo tiempo que no me acuesto con nadie estando totalmente sobrio. Si lo medito un poco, incluso es posible que esa sea la primera vez. Me torturo imaginando que voy a durar lo mismo que un adolescente. Necesito una copa o, al menos, un chupito de whisky para infundirme valor.

Echo la cabeza hacia atrás y suelto el aire por la boca.

—¿Qué te pasa, Jonas? —me pregunta bajito mientras me besa el cuello—. ¿Quieres parar?

—No tengo condones —miento.

—Yo sí —Mordisquea el lóbulo de mi oreja y señala su chaqueta sobre el sofá—. Están en el bolsillo.

Chloe me tiene tantas ganas como yo a ella. No puedo echarme atrás ahora.

—Cógela. —Avanzo un par de pasos para que la recoja y, entre besos, emprendemos el camino al dormitorio.

Al entrar, deposito a Chloe con cuidado en el suelo, junto a la cama. Deja la chaqueta sobre el colchón y me echa los brazos al cuello. Me inclino a besarla, tomándola de la nuca, mientras con la otra mano acaricio sus pechos por encima de la tela. Sus pezones se endurecen bajo mi tacto. Mordisqueo su cuello, mientras tiro de su camiseta hacia arriba, desesperado por acariciarlos también con mi lengua.

—Es un *body* —susurra Chloe, desabrochándose el pantalón—, tienes que soltar los corchetes…

Meto la mano en sus vaqueros. Enseguida noto el calor de su humedad y se me escapa un gemido. Libero el cierre y cuelo mis dedos por dentro de sus braguitas.

—Quítatelo —gruño en su cuello y me retiro para que pueda sacárselo por la cabeza. Con los ojos cerrados, Chloe se deshace del *body* y baja un poco más su pantalón, dándome un mejor acceso para acariciarla.

—Jonas… —suspira en cuanto empiezo a moverlos en círculos.

Cubro sus labios con los míos y la beso con ansia, sujetándola de la cintura a la vez que empujo dos de mis dedos en su interior. Gime en mi boca y mete sus manos por debajo de mi camiseta, acariciando mi abdomen con suavidad.

Mi erección palpita con cada una de sus caricias. Lo siento todo, con una intensidad abrumadora que no sé si se debe a mi estado de sobriedad o a lo mucho que ella me gusta. Al percatarme de que Chloe maniobra con el botón de mis vaqueros, vuelve a asaltarme el miedo a terminar antes de tiempo.

Me siento en la cama y la atraigo hacia mí, obligándola a retirar las manos de mi pantalón. Me acaricia el pelo y deja escapar un suspiro, que se entrecorta en cuanto atrapo con mis labios uno de sus endurecidos pezones.

Lo rozo con mi lengua, arrancándole otro de aquellos gemidos. Al levantar la mirada, advierto que ha cerrado los ojos y respira por la boca. Está preciosa, y yo quiero regalarle un orgasmo antes de hundirme en ella.

Sin dejar de contemplarla, lamo sus pezones y acaricio su clítoris con el pulgar, moviendo los otros dos dedos en su interior. Echa la cabeza hacia atrás y empieza a seguir el ritmo con sus caderas. Succiono con ansia. Me enloquece verla así, tan *sexy*, tan entregada...

De repente, noto como se agarra con fuerza a mis hombros, y sé que está a punto de dejarse ir. Muevo los dedos más deprisa y estiro con mis labios de su pezón. Chloe tensa las piernas, arquea la espalda, y explota entre mis brazos, soltando un grito.

Durante unos instantes, nos quedamos quietos, en silencio. Solo se escuchan sus jadeos, intentando normalizar su respiración. Saco mis dedos muy despacio, haciéndola temblar otra vez, y me incorporo para besarla.

—Túmbate —le pido con un susurro.

Da un par de pasos hasta chocar con el somier. Se sienta en la cama y, exhalando con fuerza, se deja caer en el colchón.

Tomo sus piernas, sujetándolas en el aire para retirar sus botines. Primero uno, después el otro... Apoyo sus pies en mis hombros y me inclino sobre ella para quitarle la ropa, tirando, a la vez, de sus vaqueros y sus braguitas. En cuanto la desnudo, serpentea boca arriba en la cama. Flexiona las piernas y estira los brazos por encima de su cabeza.

—Joder... —me sonríe.

Me quito la camiseta y la tiro al suelo. Chloe baja la mirada por mi abdomen y se muerde el labio, de una forma tan sensual que tengo que desabrocharme los pantalones antes de que revienten.

—¿Tanto te gustan mis tatuajes? —bromeo mientras me deshago del resto de la ropa.

Ella asiente despacio, contemplando mi cuerpo. Saco los preservativos del bolsillo de su chaqueta y abro uno, rezando para que no note que me tiemblan las manos al ponérmelo. Una vez colocado, alza la mirada hasta encontrarse con la mía.

Le devuelvo la sonrisa y subo a la cama. Me pongo encima de ella, y la cubro con mi cuerpo, sosteniendo el peso sobre mis brazos. Chloe me observa desde abajo, con aquel rubor en las mejillas; relajada y excitada a la vez. Me inclino para besarla. Enseguida noto sus manos acariciándome la espalda.

—Me vuelves loco… —susurro, acomodando mi erección.

La escucho gemir. Presiono con la cadera y me deslizo entre sus labios. Suelta otro gemido e inspiro hondo. Necesito hundirme en ella cuanto antes o voy a perder la razón. Chloe debe sentir lo mismo, porque baja su mano, abre un poco más las piernas y me guía entre ellas para que la penetre.

Nos miramos. Empujo despacio, notando como su carne cede bajo la presión. Chloe cierra los ojos y gime con fuerza cuando la embisto hasta el fondo. Me quedo quieto, dándole un momento para que se acostumbre a mí antes de empezar a moverme.

Entierro la nariz en su cuello, aspirando su olor, y acaricio su cadera mientras entro en ella una y otra vez, escuchando sus gemidos, saboreando todas aquellas sensaciones. Nunca hubiera imaginado que disfrutaría de ese modo. Esa chica me tiene completamente hipnotizado.

—Jonas, sigue… —me pide Chloe entre jadeos, rodeando mi cintura con sus piernas.

La abrazo con fuerza y nos hago rodar en la cama, hasta tumbarme boca arriba y colocarla encima de mí. Me muero de ganas por volver a verla tan entregada. La agarro de las caderas y le pido que lleve el ritmo, que sea ella quien marque la cadencia y la presión de las embestidas.

Enseguida me acoplo a sus movimientos, que cada vez son más rápidos. La habitación se llena de nuestros gemidos y del ruido que hacen nuestros cuerpos al chocar. El ambiente es tan intenso que tengo que hacer verdaderos esfuerzos para no terminar antes que ella. Me aferro a sus caderas, como si de esa forma pudiese contenerme.

Cuando creo que no puedo aguantar más, la noto tensar todos los músculos de su cuerpo. Empujo con fuerza, sabiendo que no tardará mucho en abandonarse.

Justo antes de dejarse ir, Chloe me mira a los ojos.

—Jonas… —gime.

Y ese «Jonas», me hace explotar.

CAPÍTULO 15

Chloe

Me despierto en mitad de la noche, desnuda en la enorme cama de Jonas. Estiro las piernas, buscando su cuerpo, pero, aunque las sábanas se han impregnado de su olor, enseguida me percato de que no está conmigo.

Doy media vuelta hacia el gran ventanal, que ocupa dos paredes del dormitorio. Las luces de la ciudad titilan al otro lado, como si formaran parte de la decoración o de un inmenso cuadro hiperrealista. A treinta y ocho pisos de altura, me encuentro en el cielo, literalmente. Y aquella frase también se puede aplicar a lo que estoy viviendo con mi cantante favorito, porque me parece parte de un sueño.

Cierro los ojos y el recuerdo de su cuerpo acude a mi mente. Esos abdominales marcados me han dejado sin palabras. No era la primera vez que veía a Jonas Reed sin camiseta, ya lo había visto antes en miles de fotos en internet, pero aquellas imágenes no podían compararse con la realidad: tenerlo enfrente y saber que se quitaba la ropa para mí, era otro nivel de fantasía.

Lo de esta noche ha sido increíble, y no solo a nivel sexual. Me parece que entre nosotros hay algo más que química, una especie de conexión... O eso quiero creer, aunque quizás son, simplemente, ilusiones mías.

Oigo música. A lo lejos, alguien toca la guitarra. Resulta un poco extraño porque deben ser las dos o las tres de la mañana. Me levanto para buscar mi móvil. Creo que lo guardé en mi chaqueta después de hacernos la foto en Times Square.

La encuentro a los pies de la cama. Al sacar el teléfono para ver la hora, me doy cuenta de que tengo varios mensajes de WhatsApp de Kat. El último lo ha mandado a las once y media, hace poco más de dos horas. Está asustada porque todavía no he vuelto a casa. Amenaza con ir a la policía a denunciar a Jonas Reed si a primera hora de la mañana aún no he dado señales de vida. Le contesto enseguida.

Chloe: Estoy bien, pasando la noche en un sitio alucinante.

Al segundo, aparece en línea.

Kat: ¡Cabrona! Yo preocupadísima y tú seguro que estás gastando todos los condones....

Chloe: Perdóname por no avisar, se me olvidó por completo.

Kat: Disfrútalo mucho. Mañana quiero detalles.

Vuelvo a guardarlo en la chaqueta, que dejo doblada sobre el respaldo de una de las butacas. Rebusco por el suelo hasta encontrar la camiseta de Jonas y me la pongo para no salir desnuda al salón.

Sentado en el sofá, vestido solo con sus vaqueros, Jonas rasga las cuerdas de una guitarra eléctrica, repitiendo los mismos acordes una y otra vez. Apunta algo en una libretita, se coloca el bolígrafo entre los dientes y vuelve a tocar aquella melodía desde el principio.

—Bien, eso es… —susurra sonriendo.

Anota algo más y deja el bolígrafo sobre el papel. Cierra los ojos, carraspea y empieza a cantar un tema que no le he escuchado hasta ahora.

Tengo la extraña habilidad de romper todo aquello que toco,
convierto el oro en polvo, como un rey Midas del lado oscuro.
Hay algo en mí que está defectuoso.

Es una canción melancólica, bonita y dura a la vez. La interpreta con mucho sentimiento, como si aquellas letras le salieran del corazón. Me apoyo en el marco de la puerta, procurando no hacer ruido, consciente de que estoy presenciando un momento mágico.

Pero si estás a mi lado, soy capaz de todo.
Parece que, esta vez, la luz se ha apiadado de mí,
a lo mejor aún estoy a tiempo de salvar mi alma...

Deja esa nota en el aire, arruga la nariz y repite la última frase. Vuelve a escribir en su libreta. Al levantar la vista, me descubre.

—¿Te he despertado? —Se quita la guitarra, que deja en el asiento de al lado, y extiende el brazo para que me acerque.

Niego con la cabeza, avanzando hacia el sofá. Me toma de la mano y tira de mí para subirme a horcajadas encima de él. Me inclino a besarlo.

—Suena muy bien —le susurro al retirarme.

—Gracias, nena... —Acaricia mis muslos con suavidad—. El sexo contigo ha resultado muy inspirador.

—Pues no nos va a quedar más remedio que hacerlo muchas más veces —digo muy seria, acariciando sus abdominales. Alza las cejas, con expresión divertida. Me aguanto la risa—. Y que conste que esto lo hago por tus fans, para que no dejes de componer temas nuevos... me sacrificaré por todas ellas.

—¿Ah, sí? —Me carga sobre su hombro, sujetándome con fuerza al levantarse del sofá—. Vamos a sacrificarte, que me falta una estrofa para terminar el estribillo... ¿Cuántos condones has dicho que tenías?

Echa a andar hacia el dormitorio, canturreando aquella melodía, mientras yo no paro de reír.

Si esto es un sueño, no quiero despertarme nunca.

CAPÍTULO 16

Jonas

Parpadeo un par de veces en la cama, acostumbrándome a la claridad de la habitación. Me encuentro un poco desorientado y tardo unos segundos en darme cuenta de que estoy en mi apartamento de Manhattan. Las paredes de cristal son un lujo… hasta que el sol de la mañana te da en la cara, obligándote a despertar.

Ahogo un bostezo. Voy a estirarme, pero reparo en Chloe, que duerme acurrucada contra mí. Tiene la cabeza sobre mi pecho y las piernas enroscadas alrededor de las mías. Le acaricio la espalda con la yema de mis dedos, procurando no despertarla.

Fijo la mirada en el techo y sonrío. He pasado una noche maravillosa y, a juzgar por la erección matutina que se marca bajo las sábanas, mi cuerpo está deseando repetir.

Además, he conseguido liberarme del bloqueo creativo. Esa nueva melodía suena una y otra vez en mi cabeza, pidiéndome a gritos que la deje salir cuanto antes. Estoy feliz, por fin parece que se ha terminado mi mala racha.

—Mmm… buenos días —susurra Chloe, sonriendo con los ojos cerrados.

—Buenos días, nena. —Me agacho a besarla, pero se echa hacia atrás sobresaltada—. ¿Qué pasa?

—Tengo que lavarme los dientes. —Se tapa la boca con la mano y yo suelto una carcajada.

—¿No me das ni un besito? —Insisto, pero me rehúye, riéndose conmigo. Le indico la dirección del baño con un gesto de la barbilla—. Espérame en la ducha, voy a pedir que nos traigan algo de desayunar.

Asiente con la cabeza antes de salir corriendo. Me levanto de la cama y voy a la cocina a buscar mi móvil. Entre los servicios de aquel edificio, se encuentra el de *catering* a domicilio para los residentes. Pido que nos suban un *brunch* para tres personas, que incluye café, huevos, zumos, bollería y todo tipo de fruta, porque no sé lo que le apetece a Chloe.

Al colgar el teléfono, reparo en el mensaje de Zach.

> **Zach:** ¿Has visto Twitter?
> Ten cuidado.

Debajo, un enlace que me lleva a la aplicación.

Las adolescentes han publicado las fotos que nos hicieron ayer en Times Square, y las redes están divididas: por un lado, los usuarios que no creen que Jonas Reed se haya sentado en esas escaleras; por otro, los que tratan de adivinar la identidad de la mujer misteriosa que me acompaña. El *hashtag* #quienesesachica se ha convertido en uno de los *trending topics* del día.

No le quiero ni contestar. Por mucho que recele Zach, yo estoy convencido de que Chloe no es de ese tipo de personas que se me acercan para sacarme dinero. En mi interior, algo me dice que puedo confiar en ella y que todo lo que está sucediendo entre nosotros es de verdad.

Bloqueo el móvil y vuelvo a dejarlo en la encimera. Doy un par de golpes en la puerta del dormitorio de Bruce y le aviso de que en diez minutos nos subirán el desayuno, para que les abra. Después, me voy corriendo a la ducha, porque me muero por besar a Chloe.

Ahora, solo quiero disfrutar de ella. Ya me ocuparé de todo lo demás cuando regresemos a casa.

CAPÍTULO 17

Chloe

Aterrizamos en el aeropuerto de Nashville sobre las seis. Antes de bajar del avión, me giro para echar un último vistazo al interior de la cabina. Estoy segura de que Kat me pedirá detalles y quiero darle una descripción minuciosa de todo lo que hemos hecho durante el fin de semana.

Probablemente, será la última vez que esté a bordo de un *jet* privado y pretendo guardar el recuerdo en mi memoria, para cuando sea viejecita y les cuente a mis nietos la historia de «aquella vez que salí con Jonas Reed».

El Toyota nos espera aparcado junto a la pista de aterrizaje. Bruce se adelanta para abrirnos la puerta y Jonas y yo subimos al asiento trasero.

—¿Qué haces mañana? —pregunto al cabo de un rato para romper el silencio. Ha estado muy callado durante la última media hora; más o menos, desde que el piloto nos anunció que íbamos a aterrizar.

—Grabar el nuevo álbum. —Frunce el ceño—. Estaré muy ocupado con eso durante las próximas semanas.

—Entiendo. —Giro la cara y miro por mi ventanilla.

En aquel instante, tengo la impresión de que mi historia con Jonas llega a su fin. Noto una especie de nudo en la garganta y aprieto los labios para no llorar. Imagino que, para él, las cosas han estado claras desde un principio: solo soy una *groupie* con la que pasar el rato y, una vez que nos hemos acostado, ha perdido todo el interés. Me siento una ilusa por haber pensado que entre nosotros había algo más.

Quince minutos más tarde, Bruce se detiene frente a mi edificio. Salgo del coche y me asomo para decirle adiós, pero Jonas baja del vehículo y me acompaña. Subimos las escaleras hasta el rellano del primer piso.

—Chloe —me dice al llegar a la puerta—, mañana empiezo la grabación del disco y es una auténtica locura. Cuando nos sumergimos en el proceso creativo, nos concentramos tanto que no paramos hasta que estamos exhaustos. Suelo dormir a ratos y, a veces, en el propio estudio, por lo que pierdo un poco la noción del tiempo.

»Me gustas mucho, y me encantaría que volviésemos a salir juntos en cuanto esto haya terminado… Mientras tanto, ¿te apetecería estar en alguna de las sesiones? Sé que es una petición muy egoísta, porque no creo que pueda dedicarte mucha atención, pero es que no sé si voy a poder aguantar tantos días sin verte…

—¡Claro que sí!—respondo sin pensarlo.

Una sonrisa invade su rostro. Me rodea con sus brazos y nos besamos durante un buen rato, como si nos costara despegarnos. Al terminar, me estrecha con fuerza.

—Te voy a echar mucho de menos esta noche, nena —me susurra al oído.

—Yo también...

Estamos a punto de besarnos de nuevo cuando Kat abre la puerta, agitando un bate de beisbol en la mano. Soltamos un grito.

—Uy, perdón. —Se disculpa, avergonzada, al darse cuenta de que nos ha interrumpido—. Esta mañana, un tipo ha estado merodeando y creía que había regresado.

Siento que se me para el corazón.

—¿Cómo era? —pregunto con un hilo de voz.

—Delgado, con el pelo rizado y pelirrojo, más bajito que yo... —explica Kat, colocando la mano a la altura de su oreja.

Respiro, algo más tranquila; por la descripción que está dando mi amiga, no se trata de Samuel.

—¿Quieres que me quede esta noche? —Jonas me observa con atención. Niego con la cabeza—. ¿Estás segura, Chloe? Te has puesto muy tensa...

—No te preocupes —Kat sonríe y mueve el bate en el aire—. Sabemos cuidar de nosotras mismas.

—De todas maneras, le pediré a Bruce que os mande a alguien para vigilar la casa —Jonas toma mi cara entre sus manos—. Chloe, si vuelve a aparecer o si alguien os asusta, llámame, ¿vale? A la hora que sea.

Asiento. Nos despedimos con un beso rápido y se marcha escaleras abajo.

—Bueno… ¿qué tal en Nueva York? —pregunta Kat al cerrar la puerta. Se ríe ante mi cara de estupefacción—. ¡Os he visto en Twitter!

—¿Qué?

Me quito la chaqueta y nos sentamos en el sofá. Kat saca su móvil y me muestra lo que dicen los tuiteros de Jonas y de mí.

—Pero no te preocupes —añade mi amiga—, nadie sabe quién eres, y como no tienes redes sociales, es prácticamente imposible localizarte.

—¿Crees que el tipo de esta tarde lo ha mandado Samuel? —Con el revuelo que se ha montado en la red social a causa de aquellas fotografías, solo era cuestión de tiempo que me encontrara.

—No lo sé, no tengo muy claro lo que ocurrió con tu ex, porque nunca quieres hablar de ello; pero supongo que, si te buscase, no lo estaría haciendo en Nashville, sino en Nueva York.

Me encojo de hombros. Es posible que Kat tenga razón, aunque la presencia de un tipo merodeando por casa me tiene bastante asustada. Desvío la mirada hacia la mesita de café, y me llama la atención un libro en el que no he reparado antes.

—¿Qué es esto? —Lo cojo para echarle un vistazo. Parece algún tipo de temario.

—Voy a hacer un curso de estilismo e imagen personal —dice Kat ilusionada—. Llevaba tiempo dándole vueltas y, ayer, por fin, decidí apuntarme. No quiero ser camarera toda la vida…

—¡Es fantástico, Kat! Seguro que se te da genial, tienes muchísimo estilo. —Le devuelvo el libro y ella lo deja otra vez sobre la mesita.

—Y, ahora, necesito que me lo cuentes todo —Kat se frota las manos y se sienta de lado en el sofá con una sonrisilla traviesa—, con muuuchos detalles.

CAPÍTULO 18

Jonas

La grabación del nuevo álbum está siendo un desastre. Llevamos casi dos días encerrados en el estudio de Heartland Records y ni siquiera hemos terminado con el primer tema. Se me ha atragantado por completo. La melodía tiene un pase, pero la letra trata de alguien que quiere quemar su casa y a mí me parece una auténtica gilipollez.

—¿Podemos hacer un descanso? —pido desde la pecera, formando con las manos el gesto de «tiempo muerto».

Rick se frota la cara. A su lado, Zach frunce el ceño y dice algo, a lo que Rick responde. Enarco las cejas. Los veo a través del cristal que comunica las dos estancias, pero no escucho lo que dicen en la sala de control.

Mi manager avanza un paso, pulsa un botón en el panel y lo oigo por el altavoz.

—Veinte minutos, Jonas.

Me quito los cascos y salgo de la habitación.

Al llegar a la calle, enciendo mi móvil. Mientras recupera la cobertura, me apoyo en la pared y saco un cigarro. Echo de menos a Chloe y aprovecho todas las pausas para chatear con ella. Seguro que, si la tuviera en el estudio, la sesión saldría mucho mejor.

Abro WhatsApp y le envío un mensaje.

Jonas: Hola, nena, ¿qué haces?

Chloe: Buscar trabajo.

Jonas: Suena aburrido.

Chloe: Es aburrido,
pero necesito un trabajo.

Jonas: Olvida el trabajo.
Ven a verme. Tengo cigarrillos
mentolados y agua con gas…

Me responde con un par de emojis que lloran de la risa, luego se desconecta. Estoy a punto de insistir en que lo de la invitación va en serio, pero Zach abre la puerta y sale a la calle conmigo.

—¿Qué te pasa, Jonas?

—Ese tema es una mierda —respondo con la mirada fija en la pantalla. Chloe está escribiendo, pero tarda más de lo normal.

—Tú lo aprobaste.

—Ojalá pudiera decir que estaba borracho —contesto con ironía.

Zach suspira y mira al cielo, apoyándose en la pared. Chloe se vuelve a desconectar. Bloqueo el teléfono y lo guardo en el bolsillo. Nos quedamos en silencio.

—¿No hay ninguno que te convenza? —me pregunta y yo me encojo de hombros—. O, al menos, que no te parezca una mierda —añade con resignación.

—Hay un par que no están tan mal. —Me giro hacia Zach, intentando ser positivo—. Y el de Alison también tiene un pase.

—Pues céntrate en esos, Jonas —me interrumpe—. Hazlos tuyos, dales tu toque… Aprovechemos el tiempo para mejorar ese par de canciones que tienen posibilidades en vez de perderlo con los bodrios que no merecen la pena.

—No hay por donde pillarlo, ¿verdad? —Doy la última calada y tiro la colilla—. Venga, Zach, admítelo, a ti tampoco te gusta ese tema.

—Tienes toda la razón, es una auténtica mierda. —Me mira de reojo y suelta una carcajada—. ¿Qué se estarían fumando para escribir tremendas sandeces?

Acabamos riéndonos juntos, lo que mejora mi humor. Zach mira el reloj, abre la puerta y hace un gesto con la cabeza, indicando que es la hora de volver a grabar.

Me incorporo y noto que mi teléfono vibra en el bolsillo. Lo saco con rapidez, impaciente por saber qué ha contestado. Al leer el mensaje, sonrío.

> **Chloe:** Vale, iré, soy incapaz de resistirme al agua con gas.

—Zach, —le pongo la mano en el hombro y se gira hacia mí—, necesito enviar un coche para recoger a Chloe.

—No es buena idea que vengan visitas cuando estamos trabajando…

—¿Y quién es la rubia que ha venido con Rick?

—¿Tú qué crees? —Suelta un resoplido.

—¿No estaba con Alison?

—Y sigue estando, o no… es Rick, ¿quién sabe lo que le pasa por la cabeza? —Zach se encoge de hombros y me guiña un ojo, haciéndome un gesto para que entre antes que él—. Dame la dirección de Chloe, pero prométeme que hoy terminaremos de grabar ese maldito tema. Si tengo que escuchar el estribillo un día más, yo mismo prenderé fuego a la casa.

Una hora más tarde, llega Chloe. Rick acaba de dar por buena la última grabación y, en la sala de control, todo el mundo da saltos de alegría. En cuanto la veo, voy corriendo hacia ella.

—Vaya... ¡menudo recibimiento! —bromea, echándome los brazos al cuello—. Si lo llego a saber, hubiera venido antes.

—Has venido en el momento perfecto —susurro, y me agacho para besarla.

Mordisqueo sus labios y enseguida noto su lengua buscando la mía. La estrecho contra mi cuerpo, tomándola de las caderas.

—Jonas, hacemos otra de control y *microfonamos* el bajo para el siguiente tema —Rick me da una palmada en la espalda.

—Me reclaman —le digo a Chloe antes de separarme de ella.

—Tranquilo, tú a lo tuyo —nos damos un beso rápido en los labios y me guiña un ojo—, yo he venido aquí por el agua con gas.

En contra de lo que piensa Zach, tenerla en el estudio no es un motivo de distracción, sino todo lo contrario. Estoy mucho más concentrado y, pronto, las sesiones recuperan el ritmo previsto. Para el sábado ya hemos grabado los nueve temas que menos me gustan, así que la semana siguiente vamos a dedicarla a los otros cuatro, los que aún pueden salvarse.

Chloe está emocionada. Asiste cada día a las sesiones y le parece estar haciendo un *master* en la grabación de un disco. Desde la pecera la veo observarlo todo con atención y, en los descansos, me consulta sus dudas. Le brillan los ojos de felicidad por lo mucho que está aprendiendo.

—¿Quieres venir a casa el *finde*? —le pregunto ese sábado en el coche al terminar la sesión—. Tengo que ensayar los temas de la semana que viene, pero me gustaría probar un par de ideas para la canción con Alison y necesito una voz femenina.

—Vaya, y yo que pensaba que querías acostarte conmigo…

Suelto una carcajada. Me inclino sobre ella, que me mira con expresión divertida, y me acerco a su oído.

—Estoy convencido de que podemos sacar tiempo para todo —susurro, subiendo mi mano despacio por el interior de su muslo. Chloe inspira hondo y se muerde el labio—. ¿Qué me dices, nena?

—Vale —asiente, moviendo la cabeza—, pero pasemos primero por mi piso. Me gustaría coger un cepillo de dientes.

CAPÍTULO 19

Chloe

Bruce detiene el coche frente a mi apartamento. Me quito el cinturón y abro la puerta.

—¿Quieres que vaya contigo? —me pregunta Jonas.

—No, espérame aquí, será solo un minuto —le doy un beso y salgo del coche con rapidez, para que no insista en acompañarme.

Subo las escaleras de dos en dos hasta el rellano. Antes de ir a su casa quiero cambiarme de ropa interior; esta mañana me he puesto unas braguitas de algodón muy cómodas, pero nada sexis, porque no tenía previsto que me invitase a dormir al terminar la jornada.

Entro en el apartamento y llamo a Kat con un grito. Nadie contesta. Me resulta un poco raro, aunque enseguida recuerdo que los sábados por la tarde tiene el curso de estilismo.

Me desabrocho los vaqueros mientras busco mi lencería más sexy. Encuentro un conjunto de encaje negro que aún tiene la etiqueta puesta y voy a la cocina a por unas tijeras para cortarla.

Busco en el armario una faldita para cambiarme. Saco una mochila y la dejo sobre la cama. Meto mi cepillo de dientes, el cargador del móvil, un par de mudas de repuesto y un vestido para el día siguiente. Dudo si echar también un pijama, pero recuerdo la última vez que dormimos juntos, completamente desnudos, y me entra ese cosquilleo por el estómago al recordar aquellos abdominales.

Escribo una nota para Kat, que cuelgo en la puerta de la nevera. Me pongo las botas y echo un vistazo alrededor, por si se me ocurre alguna otra cosa que me pueda hacer falta.

—¡Condones! —digo en voz alta.

Aunque supongo que una estrella del *rock* tiene, por lo menos, una caja de preservativos en la mesita, no quiero tentar a la suerte. Cojo la mochila, cierro la puerta con llave y vuelvo al coche.

Al bajar las escaleras me percato de que alguien sube. Por las pisadas, parece un hombre. Me quedo quieta y él hace lo mismo. Al asomarme a la barandilla veo que es pelirrojo.

—¡Jonas! —grito sin pensarlo, notando como todo mi cuerpo se tensa.

Aquel grito lo asusta, porque sale corriendo. Enseguida oigo abrirse las puertas del Toyota y Jonas y Bruce acuden en mi ayuda.

—¡Chloe! —Jonas sube las escaleras a toda prisa. Al llegar a mi altura, me abraza con fuerza. Noto como me pongo a temblar—. Nena, ¡¿estás bien?! ¡¿Qué ha pasado?! —Se separa un poco para mirarme a la cara. Me frota los brazos, que tengo totalmente rígidos, y repite—. ¿Qué ha pasado, Chloe?

—Ese tipo… el que vio Kat, estaba aquí…

—¿El pelirrojo? —confirma, abriendo mucho los ojos—. ¡¿Te ha hecho algo?!

Niego con la cabeza, y respiro hondo, procurando calmarme. Me acaricia el pelo y me vuelve a abrazar. Escucho que Bruce nos insta a volver al coche.

—Es mejor que nos marchemos antes de que se asome alguien más —nos dice.

—Bruce tiene razón, nena. —Me pasa el brazo por los hombros y me guía hacia las escaleras—. Vámonos a casa.

CAPÍTULO 20

Chloe

Una hora más tarde, sentada en la cocina de Jonas, con una infusión caliente entre las manos, las cosas se ven de otra manera.

—¿Más tranquila? —Se acerca a darme un beso. Asiento y compongo una sonrisa para quitarle importancia a lo sucedido. Me acaricia la mejilla y suspira, un poco más serio—. Siento mucho que tengas que sufrir estas cosas: los *paparazzi*, los comentarios en Twitter, la gente asaltándonos por la calle o merodeando por la casa. Son los daños colaterales de la fama. Yo ya estoy acostumbrado, pero entiendo que para ti resulte perturbador…

Parpadeo, desconcertada. Estoy tan convencida de que al tipo pelirrojo lo ha mandado Samuel, que ni siquiera se me ha pasado por la cabeza que aquel suceso estuviera relacionado con la fama de Jonas. Al entender que quizás mi ex no está detrás de aquello, todos mis músculos se destensan de golpe.

»Chloe, —continua—, quiero que sepas que puedes contar con Bruce y su equipo de seguridad siempre que lo necesites. O, si lo prefieres, puedes quedarte aquí…

—No te preocupes. Estoy bien, de verdad —lo interrumpo, acariciando su mano hasta que sonríe. No quiero decirle que desde que dejé a mi ex, vivo temerosa de que me encuentre. Yo también tengo mis propios fantasmas.

—Hora de ensayar, entonces… ¿vienes al estudio? —Jonas besa mis nudillos, en un gesto cariñoso, y se pone en pie.

—¿Tienes un estudio? —pregunto maravillada mientras lo sigo.

—Sí, pero es pequeñito. Nada que ver con el de Heartland…

Cruzamos el vestíbulo y subimos al primer piso. Me quedo impresionada con la altura del techo en el recibidor. Al llegar a su casa, hemos entrado directamente a la cocina, por una puerta lateral de servicio, y hasta ahora no he visto la majestuosa lámpara colgante, compuesta por esferas de cristal y enmarcada por aquella escalera en forma de semicírculo.

Al igual que en Nueva York, algunas de las paredes son enormes ventanales. Hay muchísima luz natural en toda la casa; aunque, a través del cristal, en vez de Central Park, se vislumbra una piscina y un gigantesco jardín cubierto de árboles.

—Adelante —Jonas sujeta la puerta del estudio para que pase. Se me escapa un silbido.

La habitación está revestida de madera oscura, y en el suelo, hay dos mullidas alfombras sobre la tarima. Una de las paredes está cubierta de espejos, duplicando el tamaño de la estancia. En un lateral, una estantería con cientos de vinilos, un tocadiscos *vintage* y un moderno equipo de música. En el otro, tres amplificadores, una enorme mesa de mezclas y varias guitarras sobre sus soportes. Al fondo, una batería.

—Siéntate, nena —Me señala uno de los sofás de piel.

Tomo asiento mientras conecta su guitarra. Toca un par de notas, comprobando que estaba afinada, y se sienta, frente a mí, en el otro sofá. Me froto las manos, algo inquieta.

—¿Repetimos lo de la otra noche en la limusina? —dice con una sonrisa. Al darse cuenta de mis nervios, añade—. Chloe, te va a salir bien, yo creo en ti.

Empieza a tocar la melodía. Como la vez anterior, soy capaz de cantar sin bloquearme. A su lado, me siento segura y mi voz fluye de un modo natural.

Ensayamos toda la tarde. Jonas tiene muchas ideas para mejorar aquel tema y, entre los dos, las ponemos en práctica, probando diferentes armonías. Sobre las ocho, la cocinera nos sube unos sándwiches y unas cervezas sin alcohol. Jonas se disculpa por no tener agua con gas y a los dos nos entra la risa.

Cuando terminamos de cenar, me pide que le dé mi opinión sobre otra de las canciones del álbum. Es una de las dos que más le gustan y, siguiendo el consejo de Zach, ha hecho un par de cambios para hacerla más suya. Me quito las botas, y subo las piernas al sofá, poniéndome cómoda.

Empieza a cantar suavemente. La letra habla de un tiempo anterior, *cuando la vida no dolía y todo era más divertido*. Ha bajado la vista, fijándola en un punto cercano al suelo. Su voz es grave y suena melancólica, cargada de emociones, como si sintiera cada una de las palabras. Inspiro hondo y doy un trago a mi cerveza, para pasar el nudo que se me ha formado en la garganta.

A medida que avanza la canción, la tristeza da paso a la rabia. La melodía se vuelve más pesada y oscura; y la letra, demandante. A Jonas se le rasga la voz reclamando *aquella felicidad que se le había arrebatado demasiado pronto*, y a mí se me acelera el corazón, sintiendo la música llenarme el pecho.

Sus dedos empiezan a bailar sobre las cuerdas y Jonas levanta la cabeza, clavando sus ojos en los míos. Cambia de un acorde a otro con rapidez y los hace vibrar, como si estuvieran poseídos. Y yo noto muchísimo calor, porque no puedo dejar de imaginar esos dedos serpenteando por mi cuerpo, arrancándome un gemido tras otro.

Nos miramos fijamente, aunque el deseo es tan intenso que hemos dejado de vernos. Mi cuerpo se mueve adelante y atrás, marcando el ritmo de sus caderas contra la guitarra. Ahogo un gemido. Aquel punteo está siendo la visión más erótica de mi vida. Mi piel arde, porque yo también necesito que me toque así.

Al terminar la canción, estamos jadeando. Jonas deja a un lado la guitarra y me abalanzo sobre él. Sus manos se agarran a mis nalgas y me acomoda a horcajadas encima de su regazo. Nos besamos con intensidad.

—Chloe... —susurra en mi boca, de una manera tan *sexy* que mis caderas se mueven solas, restregándome contra su erección.

Estiro de su camiseta, sacándosela por la cabeza, y la lanzo hacia atrás. Me ayuda a quitarme la mía. Llevo las manos a la espalda y me desabrocho el sujetador. Jonas tira de las copas hacia abajo para liberar mis pezones, que se endurecen al instante. Los succiona, ansioso, y gimo con fuerza.

Nos deshacemos del sostén y su boca devora mis pechos. El roce de su lengua me despierta miles de sensaciones. Cierro los ojos y deslizo los dedos por su pelo, atrapando varios mechones en un puño.

Me acaricia la espalda con las dos manos, sus labios suben por mi cuello, mordisqueando mi piel. Siento el calor de su pecho apretándose contra el mío.

—Estás ardiendo, nena... —susurra, lleno de deseo.

Rodea mi cintura con un brazo y levanta la cadera, empujando para que note lo duro que está. Suelto otro gemido, acariciándole la nuca.

—Tócame, Jonas —le pido—, igual que tocas a tu guitarra.

—¿Te has puesto celosa? —bromea, besándome el cuello. Muevo la cabeza arriba y abajo y suelta un bufido, como si se estuviera riendo—. Está bien, levanta...

Obedezco sin rechistar. Se quita las botas, y las empuja hacia un lado de una patada. Luego se incorpora y se desabrocha el cinturón, mirándome a los ojos. Su respiración está tan agitada como la mía. Nos deshacemos mutuamente del resto de la ropa, hasta quedarnos desnudos.

Sin decir nada, me toma de la mano y estira para que le siga. Rodeamos el sofá hasta la parte trasera. Me quedo allí, quieta, viendo cómo se acerca a la estantería y saca un par de preservativos de un cajón antes de regresar conmigo. Se apoya sobre el respaldo y los deja a un lado.

—Ven aquí. —Extiende los brazos y me acerco a besarlo.

Noto su lengua invadir mi boca. Sus manos bajan por mis costados y me agarran de las caderas. Nos restregamos el uno contra el otro, despacio. Lo siento gemir en mis labios.

En un movimiento, me da la vuelta, colocándome de espaldas a él. Sujeta mi cintura con las dos manos y presiona su erección contra mis nalgas.

—Míranos —susurra en mi cuello.

Levanto la vista. Estamos enfrente de los enormes espejos que ocupan toda la pared. Jonas mordisquea mi hombro y sus manos suben hasta cubrirme los pechos. Los aprieta con suavidad, y me hace gemir.

Se acerca a mi oído y empieza a cantar muy bajito. Su mano izquierda acaricia mi pezón, mientras la derecha baja despacio por mi vientre. Da un par de golpecitos en mis tobillos con el pie, para que separe las piernas, y sus dedos se deslizan entre mis labios. Jonas arrastra la última nota con un suspiro y cierra los ojos. Gimo, mirando a su reflejo.

Empieza a mover los dedos sin dejar de cantar. Viajan arriba y abajo, y me frotan con suavidad. Me arden las mejillas al contemplarnos, es tremendamente erótico.

Al llegar al estribillo, Jonas agarra mi mano y la lleva entre mis piernas.

—Tócate, nena —me susurra—, como si fuera yo quien te tocase.

Lo miro sorprendida y me acaricio con timidez. Alarga el brazo para coger uno de los preservativos, que descansan sobre el sofá, y me echa suavemente hacia adelante para que me incorpore. Lo noto maniobrar a mi espalda, poniéndose el condón. Cuando está listo, vuelve a mirarme a través del reflejo y sonríe.

Su mano derecha reemplaza a la mía. Con la izquierda, guía su erección desde atrás y la frota entre mis labios. Vuelvo a gemir, porque necesito más. Jonas se da cuenta.

Me arqueo al sentirlo dentro. Sin dejar de acariciarme, empieza a moverse, cada vez más rápido, sujetándome de la cadera con la otra mano. Jadeamos con fuerza, observándonos a través del espejo. Sus dedos me tocan con rapidez, arrancándome un gemido tras otro, como había estado haciendo con su guitarra.

—Chloe… —susurra con voz grave y me mira suplicante.

Y antes de que diga nada más, asiento con la cabeza y cierro los ojos, sintiendo como nos abandonamos juntos.

CAPÍTULO 21

Jonas

Nos metemos en la cama y se queda dormida enseguida. Me abrazo a ella, pegando mi pecho a su espalda, y respiro en su pelo. Al instante, mi cuerpo reacciona. Apoyo mi erección contra sus nalgas, cierro los ojos, y procuro no pensar en nada, o no seré capaz de dormirme nunca.

Poco a poco, entro en una especie de letargo. Su respiración marca el ritmo de la mía, como si le estuviera indicando el compás. Siento que el sueño empieza a invadirme…

Suplicando mi oportunidad.
Un héroe, un cobarde un titán.

Aquella melodía regresa a mi cabeza y me saca de mi duermevela. Quiero ignorarla, porque no tengo ganas de levantarme. Me resisto a abandonar el cuerpo caliente de Chloe entre mis brazos. Procuro concentrarme, otra vez, en su respiración, pero soy incapaz: la melodía se repite en mi cabeza, inventando nuevas estrofas.

Algo más que una muesca en tu espada.
Dime si aún estoy a tiempo de salvar mi alma.

Maldigo a las musas porque sé que ya estoy perdido. Beso el cuello de Chloe, que se remueve suavemente, sin llegar a despertarse, y me levanto para volver a mi estudio.

Cierro la puerta al entrar. Sonrío con un resoplido al ver nuestra ropa esparcida por el suelo. Me pongo los vaqueros y dejo las demás prendas amontonadas sobre uno de los sofás. Cojo la libreta en la que voy anotando lo que compongo, y me siento en el otro.

Apunto la estrofa que se me ha ocurrido en la cama y tarareo en voz alta el estribillo, estirándome para coger la guitarra. Carraspeo un par de veces y empiezo a tocar, cantándola desde el principio.

Tengo la extraña habilidad de romper todo aquello que toco,
convierto el oro en polvo, como un rey Midas del lado oscuro.
Hay algo en mí que está defectuoso.

Pero si estás a mi lado, soy capaz de todo.
Parece que, esta vez, la luz se ha apiadado de mí,
a lo mejor aún estoy a tiempo de salvar mi alma…

Suplicando mi oportunidad.
Un héroe, un cobarde, un titán,
algo más que una muesca en tu espada.
Dime si aún estoy a tiempo de salvar mi alma.

Al terminar, tengo la sensación de que alguien me observa y levanto la vista. Zach se apoya en la puerta.

—¿Componiendo? —pregunta. Asiento con la cabeza—. Suena bien… ¿Puedo?

Señala el sofá que está enfrente de mí. Le hago un gesto para que se siente.

—No te he oído entrar.

—Estabas muy concentrado —contesta, acomodándose—. ¿Chloe se queda a dormir?

—Me gustaría que pasara aquí unos días. Hay un tipo que ronda su apartamento y…

—Sí, verás, he estado hablando con Bruce. Me ha contado el incidente de esta tarde. —Zach se echa hacia adelante en el asiento. Apoya los codos en sus rodillas y entrelaza los dedos—. Ese tipo es… un detective privado. Lo contraté cuando buscabas a Katherine Taylor y decidí no cancelar sus servicios al encontrarla…

—¿Qué? —Abro los ojos, sin creer lo que me dice.

—Siento que te hayas enterado de esta manera, pero lo estoy haciendo por ti. ¿Y si es una cazafortunas? Estás muy pillado y no sabemos nada de ella, ni siquiera si Chloe Williams es su verdadero nombre…

—Despídelo. Ahora mismo.

—Jonas, por lo que ha investigado, hay algo que no cuadra. Parece que tu chica guarda algún tipo de secreto. Al detective le está costando mucho conseguir información anterior a los últimos once meses…

—Escúchame, Zach, —me pongo en pie, interrumpiéndolo—, no voy a empezar una relación desconfiando de esa manera. Lo que tenga que saber, me lo contará ella cuando crea que es el momento. Te lo advierto: despídelo cuanto antes, o habrá consecuencias.

Y, sin dejarle responder, salgo del estudio.

Al entrar en mi habitación, me quito los vaqueros y me vuelvo a meter en la cama con Chloe. Paso el brazo por debajo de su almohada y ella se da media vuelta, acurrucándose contra mi pecho. Le acaricio el pelo suavemente, notando como vuelve a quedarse dormida.

Miro al techo, intentando no pensar en las palabras de Zach, pero me resulta imposible. Me acuerdo de Chloe esta tarde, paralizada en mitad de la escalera tras cruzarse con el detective. Estaba aterrada y no dejaba de temblar. Sé que ha sido una reacción desmedida, pero, en vez de desconfiar, yo solo quiero protegerla de lo que sea que la asusta tanto.

Le doy un beso en la frente y susurro:

—Chloe Williams, ¿qué voy a hacer contigo?

CAPÍTULO 22

Jonas

El lunes por la mañana, llegamos muy temprano al estudio. Anoche, llamé a Alison para explicarle los cambios de nuestra canción, en los que Chloe y yo hemos trabajado durante todo el fin de semana. Por teléfono le han parecido muy buenos, pero quiere que los ensayemos juntos antes de presentárselos a Rick.

Tenemos un par de horas, más o menos, antes de que el productor llegue a las diez. Probamos los nuevos arreglos y las armonías. No me disgusta, pero, aunque Alison tiene una voz preciosa, falta esa química tan increíble que comparto con Chloe, que hace que este tema suene muchísimo mejor. Sabemos seguirnos y armonizar nuestras voces sin pisarnos, elevándonos mutuamente y haciendo brillar al otro, como cuando rodamos en la cama al hacer el amor.

Sobre las nueve, necesitamos un descanso. Nos ponemos unos cafés de la máquina, y salimos a la calle para fumarnos un cigarrillo. Al entrar de nuevo en la pecera, escuchamos unos gemidos por el altavoz.

La voz se entrecorta, como si alguien estuviera pulsando el botón de manera intermitente. Apoyada contra la ventana, la espalda de la chica rubia que había venido con Rick al estudio la semana anterior. Está sentada sobre la mesa de mezclas y solo la vemos desde atrás, pero, por el movimiento contra el cristal, parece que alguien la empuja rítmicamente desde delante.

Chloe me mira horrorizada, con los ojos muy abiertos. Enseguida me doy cuenta de que está pensando lo mismo que yo: si esa es la espalda de la rubia, seguramente el que empuja es...

—¡Rick! Sigue, no pares ahora. —La oímos suplicar, confirmando nuestras sospechas.

No podemos creer lo que está sucediendo. Alison se queda petrificada durante unos instantes, después sale corriendo hacia la sala de control.

—¿Rick, se puede saber qué narices estás haciendo? —la escuchamos decir por el altavoz.

Los empujones cesan. No puedo ver la cara de Rick, pero estoy seguro de que palidece de golpe. Por suerte, la rubia no ha dejado de pulsar el botón con el trasero y nos enteramos en directo de toda la bronca.

—¿Alison? —escuchamos a Rick—. ¿Qué haces aquí tan temprano?

—¡¿En serio?! La pregunta no es qué hago yo aquí, sino qué haces tú… ¡y con otra!

—Alison, por favor, déjame que te explique…

—¿Alison? —pregunta la rubia, que sigue sobre la mesa de mezclas—. ¿Pero no me dijiste que habíais roto?

—¡¿Habíamos roto?! —grita Alison.

—Venga, preciosa, no te enfades…

—Que te jodan, Rick

Alison se marcha, hecha una furia, y Rick va tras ella. La rubia se baja de la mesa de mezclas y se acomoda la ropa. Al darse la vuelta, repara en nosotros al otro lado de la ventana. Me saluda con la mano, sonriendo de forma provocativa. Vocaliza un «Hola, Jonas» que ya no podemos oír, porque ha dejado de pulsar el botón.

—¿Nos fumamos otro cigarro, nena? —le digo a Chloe—. Parece que va a ser una mañana larguísima.

Una hora y media más tarde, seguimos tratando de localizar a Alison, que se ha largado en su coche y ha apagado el teléfono. Rick ha vuelto a la sala de control, está sentado en el sofá, con las manos sobre la cabeza. No deja de repetir que estamos jodidos.

Zach llega al estudio y flipa al enterarse de lo que ha sucedido. Aunque finge estar enfadado por el retraso que supone en la grabación, lo veo apretar los labios un par de veces, aguantándose la risa.

Después de que la chica de producción se retire, me lo llevo aparte para comentarle una idea que se me acaba de ocurrir.

—Quiero cantarla con Chloe.

—No empieces —contesta, resoplando—. Bastante lío tenemos montado.

—Joder, Zach, esto ha sido una señal —me quejo—. Por favor, confía en mí y dale una oportunidad.

—Jonas, no creo que sea una buena idea. Acabas de empezar una relación con esa chica, ¿Y si rompéis? ¿Qué pasaría con vosotros en la gira? Ya has visto lo que ha ocurrido con Rick y Alison…

—No vamos a romper, es la mujer de mi vida.

—Eso dijiste de Shayla y…

—Chloe no es Shayla —le corto.

Zach suspira. Miró a Rick, que sigue balanceándose adelante y atrás en el sofá, sosteniendo su cabeza con las manos.

—Está bien, Jonas —accede—. Pero solo una prueba.

Entusiasmado, corro hacia Chloe. La agarro de la mano, tiro de ella y la llevo a la pecera.

—¿Qué pasa? —me pregunta al entrar.

—Van a hacerte una prueba.

Chloe se detiene en seco.

—No puedo hacerlo.

—Si puedes. Y lo harás bien. Yo creo en ti. —Tiro de su mano suavemente y la llevo al centro de la habitación. Acerco los micrófonos, cojo una silla y me siento enfrente de ella, sosteniendo mi guitarra—. No los mires a ellos, nena. Mírame a mí, ¿vale?

Respiro hondo y asiento con la cabeza. Sin apartar mis ojos de los suyos, levanto el pulgar para que lo vean desde la sala de control.

—Muy bien, chicos —dice Rick por el altavoz—. Cuando queráis.

Empiezo a tocar, Chloe cierra los ojos. Y, en mi interior, sé que todo está a punto de cambiar.

Lo bordamos. Es nuestra mejor actuación. Desde la sala de control, nos observan con la boca abierta.

—No dicen nada. —Chloe enarca las cejas—. ¿Crees que les ha gustado?

Suelto una carcajada. Por la cara de Zach, estoy seguro de que les ha encantado.

Al momento, Rick pulsa el botón.

—Que le den a Alison —le escuchamos decir—. Chloe, bienvenida.

CAPÍTULO 23

Chloe

Me tiemblan las piernas al salir al escenario. El estadio vacío ya resulta intimidante, no quiero ni imaginármelo mañana, cuando esté lleno.

Llevo casi tres meses con una psicóloga, trabajando exhaustivamente mi miedo escénico y mi ansiedad. En muy poco tiempo he hecho unos avances enormes, y hace un par de sábados, actué en un bar musical de Nashville sin quedarme bloqueada. Pero una cosa es cantar en un local de la calle Broadway, frente a decenas de personas, y otra hacerlo en el Nissan Stadium, frente a decenas de miles.

Jonas estrecha mi mano y la acerca a sus labios para besarla.

—Impone, ¿verdad? —me dice y yo asiento, moviendo la cabeza—. Tranquila, nena, todo saldrá bien.

Caminamos juntos hasta el centro del escenario, luego nos separamos para ocupar nuestras posiciones, marcadas con una cruz en la tarima. Los eléctricos ajustan las luces; los técnicos de sonido revolotean alrededor. Son las pruebas previas al primer concierto de la gira y todo tiene que estar perfecto.

Durante los próximos meses recorreremos el país para presentar el nuevo álbum de Jonas. La primera actuación será mañana, en Nashville, y luego nos lanzaremos «a la carretera». Son un total de treinta paradas, que incluyen ciudades como Los Ángeles, San Diego o Las Vegas, y una parte de mí está chillando de la emoción. La otra tiembla de puro miedo, por la incertidumbre de si estaré a la altura de lo que se espera de mí. Pero lo que más me preocupa es aquella parada en Denver, donde vivía con mi ex. Donde sigue viviendo Samuel.

Gio, el *tour manager*, se acerca a nosotros para volver a repasar el orden. El espectáculo abrirá con *Icon*, uno de los temas más pegadizos de Jonas y el que le lanzó a la fama hace unos cuantos años.

—...y cuando los tengas en el bolsillo, presentas a tu chica y la banda comenzará a tocar *Love Song*... —nos dice.

Hace una semana que se lanzó *Love Song*, el primer sencillo, nuestra canción de amor. En las primeras veinticuatro horas fue directo al *ranking* de los más reproducidos de la semana en Spotify. Y tampoco había dejado de sonar en la radio a partir de entonces, porque lo emiten a todas horas, sobre todo desde que saltó el rumor de que Jonas puede estar saliendo con aquella intérprete desconocida.

Ha sido una estrategia de *marketing* por parte de la discográfica, preservar mi intimidad con celo mientras me voy acostumbrando a este mundo. Sé que no es más que una táctica para duplicar la venta de las entradas, pero se lo agradezco de manera infinita. Todo me resulta tan intenso y desconocido, que, si le hubiera sumado el acoso de la prensa, no sé si habría soportado la presión.

Hay muchísima expectación con este primer concierto. Las redes vuelven a echar humo y los tuiteros han recuperado el *hashtag* #quienesesachica, que se hizo tan famoso unos meses atrás. En menos de veinticuatro horas, se dará a conocer la identidad de aquella misteriosa chica, de la que todo el mundo quiere saber el nombre. Mi nombre.

—Chloe, —me llama Jonas y me vuelvo a mirarlo—, ¿estás preparada? Vamos a empezar la prueba de sonido.

Asiento e inspiro hondo, concentrándome en mi respiración. Han sido semanas de mucho trabajo, pero ha merecido la pena. Jonas me sonríe y levanta el pulgar para indicar a los técnicos que estamos listos. Antes de que la guitarra empiece a tocar, me guiña un ojo y vocaliza un «creo en ti».

Le devuelvo la sonrisa. Todo va a salir bien.

Jonas cree en mí.

CAPÍTULO 24

Chloe

—Por Dios, Chloe... ¡Estás guapísima! —exclama Kat cuando termina de subirme la cremallera.

Me miro en el espejo de mi camerino. Llevo un *body* negro de manga larga, cubierto de lentejuelas, que lanzan destellos según les da la luz; medias negras y unos botines de piel, de tacón alto y terminados en punta.

Me han maquillado los ojos con un ahumado en negro, raya muy marcada y pestañas postizas. Llevo los labios pintados de un tono rojo intenso y el pelo en un corte con capas y flequillo, al estilo de Taylor Swift. Nunca me he sentido tan *sexy*.

—Quién nos iba a decir hace seis meses que hoy íbamos a estar aquí, ¿verdad? —le digo, mirándola a través del espejo.

—Ese esguince ha sido lo mejor que me ha ocurrido en años —responde Kat y las dos nos echamos a reír.

Hace un par de semanas que mi amiga terminó su curso de estilismo, y está haciendo las prácticas en la gira, como segunda asistente de vestuario. Entre sus funciones, nada glamurosas, se encuentra planchar, llevar la ropa a la lavandería, o ayudarme a vestirme para mi actuación. La estilista y su primer asistente, más veteranos, se ocupan de Jonas en el otro camerino.

—Estoy muy orgullosa de ti, Chloe —me dice mi amiga—. Siempre supe que acabarías triunfando.

Nos miramos en silencio, sonriendo felices, hasta que unos golpecitos en la puerta nos sobresaltan.

—¿Se puede? —pregunta Jonas, asomándose.

—Adelante, ya estoy lista —le contesto—. ¿Qué te parece?

Por la cara que pone, está encantado con la elección de mi vestuario. Avanza hacia mí con la boca abierta. Al llegar a mi altura, me toma de la mano y la levanta sobre mi cabeza, haciéndome dar la vuelta.

—Estás increíble… más que nunca —me dice, tomándome de la cintura.

—Tú tampoco estás nada mal… —le contesto.

Lleva unos vaqueros, oscuros y ajustados; y una chaqueta negra, abierta, sin nada debajo, mostrando su pecho tatuado y sus abdominales perfectos. Le han pintado los ojos, enmarcándolos por una raya negra. Su pelo está recogido en uno de esos moños altos y lleva las uñas pintadas de negro. Muy de estrella del *rock*.

—¿Te gusto? —susurra con voz melosa, mordisqueando despacio la piel de mi cuello—. Quizás deberías venir a mi camerino al terminar el concierto…

—Vale, creo que es mejor que me vaya. —Se ríe mi amiga dirigiéndose hacia la puerta—. Hay momentos que prefiero no presenciar.

Nos reímos con ella, siguiéndola con la mirada hasta que sale de la habitación. En cuanto Kat se marcha, Jonas me acaricia la mejilla.

—¿Estás nerviosa? —pregunta.

—Sí, bastante, aunque supongo que es lo normal.

—Lo vas a hacer bien, nena —me sonríe—. El ensayo de ayer salió perfecto.

Correspondo a su sonrisa. Lo hubiera besado, pero no quiero mancharlo de pintalabios. Meto mis manos por dentro de su chaqueta y acaricio sus abdominales suavemente, con las yemas de mis dedos. Me mira con deseo. Parece que va a decir algo más, pero una chica de producción llama a la puerta.

—Cinco minutos —dice asomándose.

—Vamos. —Jonas me toma de la mano y salimos juntos del camerino.

Hay tanta gente en el estadio que es abrumador. Se escuchan gritos y se distinguen cientos de disparos de flashes, a pesar de que aún no han encendido las luces del escenario. Se me encoge el estómago.

Una voz avisa de que el concierto dará comienzo en breve y el público aplaude con fervor. Empiezan a corear el nombre de Jonas, en un cántico al que, cada vez, se van sumando más voces.

—¿Listo? —pregunta la chica y él asiente.

—Te veo en el escenario, nena —se despide, y me guiña un ojo antes de marcharse con ella.

Desde mi posición en el *backstage*, lo veo subirse en la plataforma que lo elevará para hacer su entrada triunfal. En cuanto se coloca, la chica de producción avisa por el pinganillo.

—Oído. Tres, dos, uno… —escucho decir a otro de los técnicos en el backstage.

De repente, se encienden las luces del escenario y comienzan a sonar las primeras notas de *Icon*. Entre humo y efectos visuales, Jonas aparece por la parte trasera de la escena, que está algo más elevada. El público se vuelve loco, parece que se van a caer las gradas del estadio.

La primera estrofa la canta sobre la plataforma, mientras los *fans* gritan histéricos; luego levanta el puño y sonríe, de ese modo *sexy* y canalla que lo hizo tan popular. Y en ese momento, al observarlo, me doy cuenta de que no parece el mismo chico en cuyos brazos me despierto cada mañana, con quien desayuno un café en la cocina, o al que abrazo por las noches, viendo una película en el sofá. El que baja las escaleras con dieciocho mil personas que lo corean al unísono, como si fueran una única voz, no es solo mi Jonas… es Jonas Reed, la estrella del *rock*.

Después del primer tema, cuando grita «Hola, Nashville», empiezan a sudarme las manos. La chica de producción se acerca con una sonrisa, supongo que para tranquilizarme.

—Es tu turno, Chloe —me dice, entregándome un micrófono.

Entre los nervios y el griterío, no escucho mi presentación. Ella me coloca la mano en la espalda, dándome un pequeño empujoncito para que salga al escenario. Intento sonreír, pero por dentro solo puedo rezar para que no me falle la voz.

Al sonar los primeros acordes, respiro hondo y recuerdo lo que Jonas me dijo anoche.

—Chloe, en ese momento, no pienses en toda la gente que está allí. Imagina que estamos tú y yo solos. Puedes hacerlo, yo creo en ti.

Cierro los ojos, y empiezo a cantar. No he terminado siquiera la primera frase cuando el público estalla en aplausos. Vuelvo a abrirlos, sobresaltada y miro a Jonas, que me hace un gesto para que no me detenga.

Al llegar al estribillo, comienza a cantar conmigo, y el público se une. Es increíble sentir esta energía; como si estuviésemos todos conectados de alguna manera. Mi voz fluye con más intensidad. Empiezo a disfrutar sobre el escenario.

Cuando terminamos de cantar, los aplausos resuenan por todo el recinto. Jonas no deja de sonreír y yo tengo la adrenalina por las nubes. Estoy tan feliz que incluso soy capaz de improvisar un «Gracias Nashville, sois maravillosos» antes de retirarme de nuevo al *backstage*.

—¡Chloe Williams, señoras y señores! —grita y el público me aplaude al salir.

En el primer descanso, mientras suena un solo de guitarra, Jonas llega corriendo hasta mí y me abraza con fuerza. Está pletórico, nunca lo he visto tan entusiasmado.

—¡Has estado maravillosa, nena! —me estrecha contra su cuerpo—. ¡Estoy muy orgulloso de ti!

Enseguida llega la estilista con el primer ayudante. Le pasan una toalla para que se seque el sudor, y le cambian la chaqueta por una sencilla camiseta negra sin mangas. Antes de volver al escenario, me abraza otra vez y me da un beso apasionado.

Sigo atenta el concierto desde mi posición. Jonas está espectacular y tiene al público en el bolsillo, totalmente entregado. Nos besamos en cada descanso, cuando se acerca al *backstage* para beber agua y cambiarse de ropa.

Tras casi dos horas llega la última canción. Es otro de los temas que le lanzaron al estrellato, y que les dedicó a sus *fans*. Las luces vuelven a brillar de forma intermitente y el humo inunda la escena. En las pantallas, imágenes reales enviadas por sus seguidores, en una campaña que se lanzó en redes sociales hace unas semanas. Al acabar, se despide con un «Os quiero, Nashville» y el público empieza a gritar con insistencia pidiendo un bis.

Viene directo hacia donde estoy. Pienso que quiere otro beso y luego regresará para cantar el tema que tienen previsto, pero Jonas me coge de la mano y me saca al escenario, para interpretar, de nuevo, *Love Song*.

Tras unos segundos de desconcierto, en los que veo correr a la chica de producción por la parte trasera, bajan las luces y comienza a sonar la melodía. La gente saca sus móviles, y los mueve en el aire al compás de la música. Es un momento mágico.

Terminamos la canción y todo se queda en silencio. Durante unos instantes, me parece que hasta el público ha desaparecido. Solo estamos los dos, sudados, muy cerca el uno del otro. No escucho más que su respiración.

Trago saliva, saludo con la mano y me doy media vuelta, dispuesta a regresar al *backstage*; pero, en ese momento, Jonas avanza un par de pasos, me toma de la cintura y me besa en el escenario, delante de dieciocho mil personas.

Y el estadio casi se viene abajo de la ovación.

CAPÍTULO 25

Jonas

Abandonamos el escenario con la adrenalina por las nubes. Estoy eufórico. Tengo la sensación de que ha sido uno de mis mejores conciertos, por no decir que el mejor. A Chloe le brillan los ojos y no deja de reírse. La he visto disfrutar más de lo que nunca pensé que sería capaz. La tomo de la cintura y le doy otro beso, atrayéndola hacia mi cuerpo.

Al separarnos, Zach está frente a mí, acompañado de Gio y de unos cuantos técnicos.

—¿Qué te ha parecido? —le pregunto.

Se acerca a darme un abrazo.

—Has estado espectacular. —Me palmea la espalda de forma cariñosa—. Estoy orgulloso.

Lo estrecho con fuerza. Hace muchísimo tiempo que Zach no elogia mi trabajo y sé que lo dice en serio. En un mundo donde todos me adulan para conseguir algo de mí, es un auténtico privilegio tener a alguien que siempre me diga las verdades a la cara, aunque, en mi caso, suponga más reproches que alabanzas.

Después de Zach vienen muchos más. Los músicos, los técnicos, la gente de la discográfica... todo el mundo está encantado con el éxito de nuestro primer concierto. Hasta el propio señor Heartland se acerca a felicitarnos al *backstage.*

—Bueno chicos, a recoger... —grita Gio, dando un par de palmadas en el aire para llamar la atención—. Nos vemos en la cena dentro de una hora.

La estilista se acerca para acompañarme al camerino. Le guiño un ojo a Chloe antes de que desaparezca tras la puerta del suyo. Me encantaría ducharme con ella, pero no es ni el momento ni el lugar.

Entrego mi ropa al equipo de vestuario, que se la lleva para lavarla y plancharla antes de la próxima actuación. Retiro los restos de maquillaje con un par de toallitas y enciendo el móvil antes de meterme en la ducha, para que vaya cogiendo señal.

Al salir, mientras me seco, compruebo las notificaciones de la pantalla: alertas de noticias sobre el concierto, que la prensa describe como «Magnífico»; menciones en las fotos de los que han acudido al estadio, más de mil nuevos seguidores en redes, comentarios, algunos mensajes de amigos...

Y un WhatsApp que daba por hecho que iba a llegar, tarde o temprano.

Shayla: Te echo mucho de menos, cariño.

Lo ignoro y bloqueo el móvil. Por primera vez, me van muy bien las cosas y no quiero que ella regrese a mi vida.

Es especialista en arruinármela.

La cena es una auténtica fiesta, todo el mundo está de muy buen humor. Han pasado tres años desde la última vez que salimos de gira y a todos nos pica el gusanillo de volver a la carretera.

El alcohol corre por la mesa como si fuese agua. Agradezco estar flanqueado por Zach y Chloe: me sirven de muro de contención para que las botellas de vino no lleguen a mis manos. Por suerte, los botellines de cerveza sin alcohol son discretos, y con la borrachera que llevan los del equipo, no son capaces de diferenciarlos.

Al terminar los postres, alguien pide champán para hacer un brindis. Los camareros se encargan de servirlo y me resulta imposible negarme sin que sea demasiado obvio.

—¡Por Jonas! —gritan desde el otro lado de la mesa y todos levantan sus copas—. ¡Has estado espectacular!

—¡Por vosotros! —Cojo la mía y la alzo con ellos—. ¡Y por Chloe, que ha triunfado en su primer concierto!

Todos gritan y entrechocan sus copas; luego se las beben de un trago. Durante un instante, no sé qué hacer con la mía.

Me encuentro en una situación complicada: por un lado, sé que soy un adicto y una vez pruebe el alcohol, puedo sufrir una recaída; pero, por otro, si quiero llevar una vida normal, tengo que acostumbrarme a lidiar con estos momentos.

Miro mi copa. Estoy seguro de que, después de tantos meses, ya he aprendido a controlarme. Puedo beber un poco de champán ahora y no tomar más en toda la noche...

Me la bebo entera de golpe, sin pensármelo dos veces. El líquido me baja por la garganta y me calienta el esófago. Zach me mira de reojo, enarcando una ceja.

—Es para no hacer el feo —me excuso, encogiéndome de hombros.

Después del champán llegan los chupitos de *whisky*. Le hago una seña al camarero para que me traiga un par de cervezas sin alcohol. Empiezan a contar anécdotas de la última gira, que no llegan a terminar nunca, porque, a la mitad, a todos les entra esa risa etílica. Es difícil disfrutar con la misma intensidad estando sobrio.

—Voy a fumarme un cigarro —le digo a Chloe, que habla con su amiga Kat.

—¿Te acompaño? —me pregunta.

Niego con la cabeza, poniéndole la mano en el hombro al levantarme de la mesa. Me apetece estar solo. Durante toda la noche he estado haciendo grandes esfuerzos por no beber y necesito relajarme un poco. Además, mi móvil no ha dejado de vibrar en el bolsillo y estoy prácticamente seguro de que vuelve a ser Shayla.

Le pregunto al encargado y salgo a un callejón por una puerta de servicio. Procuro evitar las principales, que suelen estar abarrotadas de fumadores. Me enciendo un cigarrillo y saco el móvil. Tengo cinco mensajes de WhatsApp.

Shayla: Quiero verte.

Shayla: Creía que podía vivir sin ti, pero no puedo.

Shayla: Y tú tampoco puedes.

Shayla: Dijiste que siempre me amarías.

Shayla: ¿Por qué no me respondes?

Aparece en línea. Enseguida recibo otro mensaje.

Shayla: Sé que me estás leyendo.

Suspiro. Parece que el fantasma de mi vida pasada ha vuelto para joderme. Tengo que enfrentarme a ella, antes de que sea demasiado tarde.

Jonas: Sabes que se acabó.
Y esta vez es de verdad.

El teléfono empieza a vibrar. Pulso el botón para rechazar su llamada. Antes de que marque otra vez, bloqueo su número.

Me apoyo en la pared, y doy una profunda calada. Me siento fatal por lo que acabo de hacer, pero soy consciente de que no hay otra alternativa. Tengo que cerrar la puerta, o volverá a colarse por las rendijas y arrasará con todo.

Termino de fumar, tiro la colilla y vuelvo al restaurante.

CAPÍTULO 26

Chloe

—Vámonos a casa, nena.

Noto unos golpecitos en el hombro mientras hablo con Kat y Zach. Me giro, sobresaltada. Jonas ha regresado de fumar y parece algo agobiado.

—¿Estás bien? —le pregunto con preocupación. Al llegar al restaurante estaba de muy buen humor, pero se ha ido apagando durante la cena.

—Estoy muy cansado… quédate tú si quieres —dice frotándose con los dedos el puente de la nariz.

—Voy contigo. —Me levanto de la mesa—. Yo también tengo que descansar.

Zach se ofrece a acompañarnos, pero no hace el ademán de incorporarse. Me parece que quiere quedarse con mi amiga. Hace un rato que se ha acercado a nosotras para unirse a la conversación y me ha dado la impresión de que los dos han conectado enseguida; y ahora acabo de confirmarlo, porque no se le ve con muchas ganas de volver a casa.

—Nos vamos con Bruce —Jonas le hace un gesto a su guardaespaldas para indicarle que es hora de irse—. Diviértete.

Intentamos no llamar la atención para no tener que despedirnos de todo el equipo, pero alguien se da cuenta de que nos marchamos y nos grita una grosería, preguntando que «si nos vamos a destrozar la cama». Jonas levanta el dedo corazón y todos se ríen, menos Zach, que pone los ojos en blanco.

En el coche, sigue bastante taciturno. Le agarro la mano y se la aprieto. No me apetece agobiarlo con preguntas, pero, de algún modo, necesito transmitirle que estoy ahí, para cualquier cosa que le preocupe. Él besa mis nudillos y sonríe.

A la mañana siguiente, cuando me despierto, Jonas ya no está en la cama. Son las ocho y media y supongo que ha salido a correr con Bruce, como suele hacer casi todos los días. Remoloneo un poco, abrazándome a la almohada, que huele a él. Echo de menos el contacto con su cuerpo y me hubiera encantado que disfrutásemos un poco entre las sábanas antes de levantarnos.

Anoche, al llegar de la cena, estaba demasiado cansado para acariciarme siquiera. Se abrazó a mí y se quedó dormido enseguida. Supongo que liberar tanta adrenalina en el concierto, lo dejó agotado.

Doy un par de vueltas en la cama y decido meterme en la ducha. Al salir, me visto de forma cómoda, con unos vaqueros y un *top* de algodón que saco del armario. Aunque aún no me he mudado formalmente, paso tantas noches en su casa que me pidió que dejase algunas prendas, para no tener que robarle sus camisetas.

Además, desde hace cuatro días, también están mis maletas con el equipaje que me llevaré de gira esta misma tarde. Jonas había insistido en que me quedase aquí los días previos al concierto; su casa era mucho más segura que mi apartamento para resguardarme de acosadores y *paparazzi.*

Al bajar a desayunar, me cruzo con Zach y Kat, que salen de la cocina. Enarco las cejas y él se ruboriza, pero mi amiga se muerde los labios para aguantarse la risa.

—Buenos días —Intento aparentar normalidad.

—Buenos días, Chloe —me responde Zach tras un carraspeo—. Voy a llevar a Katherine a su casa…

Asiento mientras se alejan hacia el garaje. A mitad de camino, mi amiga se da media vuelta y, con la mano, hace el gesto del teléfono, vocalizando un «luego te cuento». Se me escapa una risita.

Al entrar en la cocina, veo a Jonas sentado a la mesa, mirando la *tablet* con una enorme taza de café. Por el olor a gel y la humedad de su pelo, está recién duchado. Al verme, sonríe y se echa hacia atrás en la silla, abriendo los brazos para que vaya a sentarme sobre él.

—¡¿Zach y Kat?! —pregunto y se encoge de hombros con una sonrisa. Me siento de lado sobre sus piernas y lo beso, echándole los brazos al cuello—. Pensaba que habías salido a correr.

—Salí muy temprano —me contesta—. Me he duchado en el baño de abajo porque no quería despertarte.

—Me hubiera encantado que me despertaras… —Hago pucheritos y se ríe. Se acerca a darme otro beso.

—Hay que guardar fuerzas, nena, que las giras son intensas... Por cierto, ¿has visto lo que dice la prensa?

Me señala la *tablet* sobre la mesa de la cocina, y echo un vistazo mientras Maryam me sirve una taza de café. En todos los artículos elogian el concierto de anoche; adjetivos como «soberbio», «magnífico» o «espectacular» aparecen en una de cada dos frases. Destacan la actuación de Jonas, nuestra química en el escenario y el beso que nos dimos al terminar el bis.

—*Al escucharla en directo,* Love Song *gana en intensidad nos sumerge en una historia de amor, palpable en cada uno de los gestos y miradas que se dedican los dos intérpretes. Maravillosa Chloe Williams, no debemos perderle la pista porque parece que dará mucho que hablar en el panorama musical...* —leo en voz alta.

—Ya eres una estrella, nena —susurra en mi cuello.

Sigo pasando páginas, entusiasmada, hasta que descubro un artículo en el que repasan su relación con Shayla y mi sonrisa se congela. Jonas se da cuenta y apaga la *tablet*.

—No les hagas caso, a la prensa le encanta la carnaza; el concierto ha sido bueno y tienen que recordar algunos de mis escándalos para compensar. —Me da un par de golpecitos en el muslo, apremiante—. Venga, termina de desayunar y volvemos a la cama.

—¿No había que guardar fuerzas porque las giras son intensas? —le pregunto con sorna y me acabo mi café de un solo trago.

—Olvídalo. ¡A la cama! —Me da una palmada en el trasero y, entre risas, subimos corriendo las escaleras hasta el dormitorio.

CAPÍTULO 27

Chloe

Sobre las dos y media de la tarde, llegamos al aeropuerto. Como la otra vez, el *jet* privado nos espera en una de las pistas. Jonas me toma de la mano al salir del coche y subimos juntos las escaleras, seguidos de Bruce. Entramos en la cabina, donde todos nos reciben entre aplausos y gritos de «ya era hora».

En el avión viajan con nosotros Zach, Gio, los tres miembros de la banda: Don, el guitarrista, Steve, el bajo, y Tommy, el batería; la estilista y su ayudante; y Kat, porque Zach se ha empeñado muchísimo en que nos acompañe en el vuelo.

Mi amiga está fascinada; su mirada va de un lado a otro. Al cruzarse con la mía, sonríe y mueve la cabeza, como si no pudiera creerse donde está. Le devuelvo la sonrisa, porque la comprendo perfectamente, y junto las palmas de mis manos, en un gesto con el que le pido perdón por no haberle cogido el teléfono esta mañana. Señalo con la cabeza a Jonas, para indicarle que estaba con él. Kat pone los ojos en blanco y mueve su dedo índice en el aire dibujando un círculo. Entiendo que me lo contará más tarde.

Ocupo mi asiento. La azafata camina entre nosotros, indicándonos que nos abrochemos los cinturones porque estamos a punto de despegar. Miro por la ventanilla mientras nos elevamos sobre Nashville y tengo que pellizcarme para comprobar que no estoy soñando. No, no es un sueño. Es real. Me voy de gira con Jonas Reed.

Después de tres horas y media, aterrizamos. Nuestra primera parada es Buffalo, donde mañana daremos el segundo concierto. Durante el vuelo, los chicos han estado contando anécdotas de la última vez que estuvieron allí. Todos nos hemos reído mucho, aunque he de confesar que las que incluían a aquel grupo de universitarias me han hecho ruborizarme más de una vez. Ha habido un silencio incómodo en mitad de otro recuerdo, cuando Tommy se ha callado de golpe y Jonas ha cambiado de tema con rapidez, por lo que deduzco que aquella historia trataba de Shayla.

Bajamos del avión. En la pista, nos recoge un minibús para llevarnos al hotel. Me siento junto a Jonas en uno de los asientos del fondo y él me rodea los hombros con su brazo, acercándome a su cuerpo para darme un cariñoso beso en la sien. Por un instante, me pregunto si a Shayla también la besaba de la misma manera, aunque enseguida procuro apartar ese pensamiento de mi mente; que forme parte de su pasado no significa que quiera volver con ella.

Zach se acerca a nosotros hablando por el móvil. Lo separa un momento de su oído y lo cubre con la mano.

—Me preguntan si preferís alojaros juntos o por separado. He pedido que os pongan a los dos en la misma *suite*, pero si en algún momento queréis dejar de compartir habitación, no tenéis más que decirlo —nos explica, y a pesar de que habla con los dos, me mira a mí directamente.

—Gracias, Zach, preferimos dormir juntos —responde Jonas y yo asiento con la cabeza.

—Bien, avisadme si cambiáis de opinión —repite Zach antes de regresar a su sitio en la parte delantera.

Cuando llegamos al hotel, los chicos nos proponen salir a cenar con ellos, pero Jonas declina la invitación. Los conoce demasiado, e intuye que esa noche tiene pinta de salirse de madre. Tras insistirnos varias veces, y abuchearnos otras tantas, terminan por marcharse, entonando una melodía fúnebre por el pasillo.

Jonas suelta una carcajada y los manda a la mierda mientras abre la puerta de nuestra habitación. Estoy a punto de pasar, pero me detiene y me coge en brazos para atravesar juntos el umbral, como si estuviésemos recién casados. Me agarro de su cuello, sin poder parar de reírme.

Me deja en el suelo y entra las maletas. Le pregunto si realmente no quiere que nos unamos.

—De verdad que no. —Jonas niega con la cabeza mientras cierra la puerta—. Ya no me apetece desfasar como antes, y sé que la noche se va a acabar complicando. —Me rodea la cintura con los brazos y se acerca susurrarme—. De lo que sí tengo ganas es de darme una buena ducha contigo…

—¿Otra? —le pregunto, bromeando—. Ya me he duchado dos veces hoy…

—¿Y no te ha gustado la última? —Mete las manos por dentro de mi camiseta y me acaricia la espalda suavemente, erizándome la piel. Asiento mientras sus labios bajan a besarme el cuello—. Vamos, nena…

Toma mi mano y lo sigo hasta el cuarto de baño.

Algo me dice que, en Buffalo, no vamos a tener tiempo de hacer turismo.

CAPÍTULO 28

Jonas

Según el mensaje de Gio, el minibús nos recoge a las doce para llevarnos al ensayo, pero no veo a nadie cuando me asomo a la puerta trasera del hotel. Es la primera vez que llego antes que el resto; antes, incluso, que Zach. Mientras espero a que bajen, me enciendo un cigarro.

Chloe no viene con nosotros porque le están haciendo un reportaje para una revista. De la noche a la mañana se ha convertido en una estrella, y todo el mundo quiere saber más. Le mando un mensaje, preguntándole que tal va la sesión, y ella me responde con una foto. Lleva un vestido de tirantes negro, largo hasta los pies y el pelo alborotado y salvaje. Está muy guapa. Le mando otro mensaje para decírselo y ella me contesta con un corazón. Sonrío. Definitivamente, creo que estoy enamorado.

—¿No hay nadie más? —pregunta Zach que llega en ese momento, algo apurado, remetiendo la camisa por dentro del pantalón.

Niego con la cabeza y doy una calada a mi cigarrillo. Me fijo en que tiene un chupetón. Zach siempre ha sido tan discreto en sus relaciones que me divierte putearlo un poco.

—Esa Katherine Taylor parece muy apasionada… —le digo, conteniendo la risa.

Me mira con cara de póker. Me toco el cuello con el dedo, señalando el punto donde tiene esa marca de color rojo, e, instintivamente, se la cubre con la mano. Noto que se ruboriza.

Voy a decir alguna grosería, pero la puerta se abre y salen Don y Steve con sus respectivas gafas de sol. Tras ellos, aparece Tommy, como si acabara de regresar del inframundo. Por sus pintas, confirmo que la noche de ayer se salió totalmente de control.

—Bueno, chicos, en marcha. —Zach se sube el cuello de la camisa y da un par de palmadas. Los chicos se llevan las manos a la cabeza, como si no pudieran soportar el ruido.

Tiro la colilla y los sigo al interior del minibús. Es la primera vez en una gira que voy a ensayar sin resaca.

Sobre las tres y media hemos terminado el ensayo. Faltan un par de horas para empezar a prepararnos, así que nos llevan algo de *catering* al camerino de los chicos. Steve coge una cerveza del cubo y me acerca otra.

—No quiero beber. —La rechazo con un movimiento de mano.

—Joder, tío, es solo una birra... —insiste.

—No me apetece.

Saco el paquete de tabaco y lo agito en el aire, hasta que asoman una boquilla. La tomo directamente con los labios y estiro para sacar el cigarro. Steve le pasa la otra cerveza a Tommy, que quita la chapa y se bebe la mitad de un trago.

—¿Qué tal anoche? —pregunto después de encenderlo—. ¿Pillasteis con otro grupo de universitarias?

—Universitarias, no —se ríe Don—. Pero nos encontramos una despedida de soltera con muchas ganas de fiesta…

—La novia se puso muy triste al saber que no venías —le corta Tommy.

—Pero ya te encargaste tú de consolarla, cabrón —responde Steve y todos nos reímos.

—¿Y tú, qué, desertor? —pregunta Don—. Te tiene bien pillado la camarera, ¡ni por Shayla te has perdido tú una juerga como la de ayer!

Suelto un bufido y me encojo de hombros, porque no pienso contestar. Los tres empiezan a descojonarse.

—¿Sabes algo de ella? —pregunta Tommy—. De Shayla, quiero decir.

Niego con la cabeza y doy otra calada.

—Shayla se acabó. —Exhalo el humo con lentitud—. Ya tuve suficiente.

Durante unos segundos, los cuatro nos quedamos en silencio, hasta que Don menciona a la pelirroja de la despedida de ayer y todo el mundo vuelve a reírse.

CAPÍTULO 29

Chloe

Son casi las seis cuando llego al recinto del concierto. Acaban de abrir las puertas y se escuchan los gritos del público al entrar en el estadio.

La sesión de fotos ha sido fantástica, pero se ha alargado algo más de lo previsto, retrasando las dos entrevistas que tenía programadas para después. Por suerte, voy peinada y maquillada; solo tienen que darme unos retoques en cuanto terminen de vestirme.

Bajo del coche de producción tras la estilista. Hoy lo hemos pasado fenomenal. La jefa de Kat ha resultado ser mucho más agradable de lo que me había imaginado la primera vez que la vi. No sé por qué, proyecta una imagen de estirada que no se corresponde con la realidad.

—Voy a vestir a tu chico —me dice mientras caminamos deprisa por los pasillos del *backstage*—. Enseguida te mando a Kat con el vestuario.

—Estupendo. —Me detengo al llegar a mi camerino; ella me guiña un ojo y continúa sin pararse.

Abro la puerta y descubro un enorme ramo de rosas rojas sobre el tocador. Sonrío feliz, segura de que son de Jonas, pero al leer la tarjeta, tengo que contener un grito. Me asomo al pasillo y llamo a la chica de producción.

—Perdona, ¿sabes quién ha traído las flores?

—Ha sido la propia dueña de la floristería —me sonríe—. ¿Verdad que son preciosas?

Asiento, forzando una sonrisa antes de volver a entrar. Inspiro hondo y releo la tarjeta.

Estaba equivocado, Chloe. No eres una más del montón,
estás en el lado de las personas extraordinarias.
Te quiero. Samuel.

Samuel, por supuesto. Aunque no hubiera sido necesario que firmara: en cuanto he visto la referencia a los dos tipos de personas, he deducido que las rosas eran suyas.

Noto que mi corazón se desboca y las palmas de mis manos empiezan a sudar. Me siento en la silla, y cierro los ojos, intentando controlar mi respiración.

Procuro serenarme para pensar con claridad: que Samuel haya enviado unas flores no significa que haya venido hasta aquí. Y, si lo hubiera hecho, el recinto está atestado de guardias de seguridad. Probablemente, en este momento me encuentre mucho más protegida de lo que he estado durante todo el último año. Aquí no puede hacerme nada…

—¡Qué flores más bonitas! —dice Kat, que acaba de entrar al camerino con la ropa de la actuación—. ¿Son de Jonas?

Muevo la cabeza y aprovecho que se da la vuelta un momento para tirar la tarjeta a la papelera. No quiero decirle que son de Samuel.

—Son de un admirador… —me encojo de hombros y enseguida cambio de tema. Si vuelvo a pensar en mi ex antes del concierto, no seré capaz de cantar—. Bueno, cuéntame… ¿Zach? —pregunto y le asoma una sonrisilla en la cara—. ¿No es demasiado mayor para ti?

—No, no es demasiado mayor —responde mi amiga. Me quito los vaqueros que llevo puestos—. Tiene treinta y tres años, sólo me saca cinco… Y es encantador, Chloe —suspira y se me escapa una risita—. Es maduro, educado, responsable… nada que ver con los niñatos con los que he salido últimamente.

Doblo mi ropa sobre la silla. Kat me ayuda a ponerme el minivestido ajustado con flecos, mientras sigue contándome su cita de ayer. La escucho con atención. Cuando me sube la cremallera, me levanto el pelo para que me abroche una enorme gargantilla plateada.

—…y, acabamos pasando la noche juntos, otra vez, Chloe. Tenemos muchísima química…

—Estás coladita —la interrumpo. Veo que se sonroja a través del espejo.

—Me gusta Zach —admite y me pasa unas botas mosqueteras de color negro—, pero no sé lo que ocurrirá entre nosotros. Todo este mundo es nuevo para mí, y por ahora, solo quiero disfrutarlo.

Me siento en la silla para calzarme sin dejar de mirar a mi amiga. Está ilusionada, y yo me alegro mucho por ella.

Llaman a la puerta. Durante un segundo, me acuerdo de Samuel y el corazón se me vuelve a parar.

—¿Chloe? —Jonas abre y entra en el camerino. Su mirada va directa hacia las rosas—. Vaya, ¿y esto?

—Como te descuides, te la levantan... —bromea mi amiga.

—Ay, Katherine, Katherine —responde Jonas, con guasa—. A ver si puedes llevarle una bufandita a Zach, que tiene que cubrirse un poco…

Se da un par de golpecitos en el cuello y mi amiga abre mucho los ojos. Roja como un tomate, se marcha a toda prisa de la habitación.

Jonas se ríe y se acerca a besarme. Me agarra de las caderas pegándome contra su cuerpo. Viste un pantalón de tela negra, a juego con la chaqueta abierta, que parece de un uniforme militar. Hoy tampoco lleva nada debajo. Acaricio su abdomen con los dedos y gime suavemente en mi boca.

—Te he echado mucho de menos, nena —susurra.

—Yo también…

Estamos a punto de besarnos de nuevo cuando llaman a la puerta y me vuelvo a sobresaltar. Es la maquilladora, que viene a darme los últimos retoques.

—Nos sabotean —se lamenta Jonas y los dos nos reímos—. Te veo en el escenario.

Me da un beso rápido en los labios antes de irse. Me siento en la silla mientras la maquilladora coloca las brochas sobre el tocador.

—¡Qué flores tan bonitas! —me dice—. ¿Son de Jonas?

Niego con la cabeza. Y durante los veinte minutos que tarda en retocar mi maquillaje, solo puedo repetirme que Samuel no va a hacerme nada delante de quince mil personas.

CAPÍTULO 30

Jonas

Llegamos al aeropuerto de Chicago sobre mediodía. Es la cuarta parada de la gira —después de Buffalo, Cleveland y Detroit—, y ya nos hemos acostumbrado a nuestra vida «en la carretera», que, básicamente, consiste en viajar, ensayar, darlo todo en el escenario, disfrutar juntos de la noche… y volver a empezar.

Me encanta estar de gira con Chloe. Aunque ya llevo unas cuantas a mis espaldas, para ella todo es una novedad; de algún modo, la estoy viviendo a través de sus ojos, recuperando la ilusión de la primera vez.

El minibús nos recoge para trasladarnos al hotel. Le cedo a ella la ventanilla, porque sé que le gusta contemplar el paisaje.

Están bajando nuestras maletas, cuando Gio se nos acerca con el teléfono en la mano. Parece preocupado.

—Jonas, disculpa, tenemos un problema con la plataforma que te eleva al inicio del concierto; uno de los mecanismos no funciona bien y es peligroso utilizarla. Los técnicos han preparado una alternativa, pero necesitan que vayas a probarla antes de continuar con el montaje.

—¿Me da tiempo a descansar un rato? —pregunto mirando el reloj.

—Me temo que no, pero volveremos pronto.

—Vale, vamos entonces. —Le doy un beso a Chloe y me voy en el coche con Gio.

Al llegar al recinto, y a pesar de que todavía faltan más de veinticuatro horas para que dé comienzo el espectáculo, ya hay una fila larguísima de gente esperando para entrar, adolescentes en su mayoría. Muchas nos saludan con la mano cuando ven el coche a lo lejos, aunque no puedan saber con certeza quien viaja en el interior.

Por el *walkie*, Gio avisa de que estamos frente a la entrada lateral, y dos seguratas nos abren la verja. Aparcamos detrás de los camiones y vamos directos al escenario.

Han montado dos rampas, a diferentes alturas, para acceder a la parte trasera, que está más elevada. Sobre la tarima, unas puertas automáticas, que simulan las de un ascensor, se abrirán para darme paso en mi entrada estelar.

Ensayamos un par de veces. Marcamos la amplitud del paso y ajustamos el tiempo de apertura con la melodía de la canción. En cuanto nos satisface el resultado, siguen con el montaje.

Estamos a punto de regresar al hotel cuando en el *backstage* me parece ver a Shayla. Lleva una identificación al cuello, como si formase parte del equipo o le hubieran dado un pase VIP. La miro fijamente hasta que levanta la vista. Me sonríe con falsedad y luego continúa hablando con la chica de producción. Camino hacia ella, bastante enfadado.

—¡¿Qué cojones estás haciendo?!

—Hola, Jonas, yo también me alegro de verte… —dice sin mirarme.

—No puedes estar aquí. —La agarro del brazo y tiro de ella, con la intención de sacarla del recinto.

—¡Sí que puedo, joder! —Se remueve con fuerza—. Estoy autorizada por Tommy.

—No mientas. —Freno en seco y la suelto,

—No miento. —Me enseña su tarjeta—. He venido a verlo a él.

Cruzo los brazos y exhalo con fuerza.

—¿De qué va esto, Shay?

—¿Perdona? —contesta con chulería—. Ya me dejaste muy claro que no querías nada conmigo, así que estoy rehaciendo mi vida…

—¿Con Tommy, precisamente? —pregunto, intentando sonar irónico.

—Pues sí, con Tommy precisamente, ¿tienes algún problema?

Alzo las manos y pongo cara de «haz lo que te dé la gana». Shayla vuelve con la chica de producción.

Gio señala la salida con las llaves del coche. Lo sigo hasta donde hemos aparcado al llegar. Cuando nos subimos al vehículo, le pregunto:

—¿Tú lo sabías?

—Tommy mandó un *email* anoche para que la autorizásemos durante toda la gira. Al parecer se queda con él —me explica mientras los seguratas nos abren la verja.

Suspiro y me froto los ojos con los dedos. No puedo creerme que los dos me la hayan jugado de este modo; o, tal vez, me lo tenga merecido.

Shayla y yo nos conocimos en una de las primeras giras: ella tenía casi diecinueve y yo algo más de veintidós. Llegó con Tommy, pero se quedó conmigo. Él no tuvo más opción que resignarse.

A pesar de ser mayor que ella, siempre me llevó mucha ventaja: era una chica preciosa, con el pelo negro, los ojos azul intenso y la piel muy blanca. Trabajaba como modelo desde los quince; no había conocido a su padre y su madre era alcohólica. Al igual que yo, había tenido que madurar demasiado pronto, y enseguida conectamos.

Pero lo que empezó siendo una historia de amor, acabó convirtiéndose en una relación demasiado intensa, en la que ambos éramos tóxicos el uno para el otro. Nos arrastrábamos al abismo y nos hacíamos caer.

Cuando llegábamos a un punto insostenible, Shayla se marchaba un tiempo, hasta que yo la buscaba, o hasta que ella regresaba otra vez y todo comenzaba de nuevo. Entramos en un círculo vicioso.

Por suerte, yo ya lo he roto. Pero aunque estoy seguro de que no voy a volver con ella, no quiero que su presencia en la gira afecte a mi relación con Chloe.

Gio me deja en la puerta del hotel. Al entrar en la recepción, me cruzo con Tommy, que sale del ascensor. No ha podido elegir peor momento.

—¡¿De verdad?! ¡¿Shayla?! —Lo agarro de la pechera de la camisa y lo empujo contra la pared—. ¡¿No podías traerte a otra?! ¡¿Es que no había nadie más?!

—¡Eh, tío, tranquilo! —me dice Tommy, levantando las manos para que vea que no quiere bronca—. Es una buena niña… y ni siquiera estáis juntos.

El otro ascensor se abre y aparecen Don y Steve. Corren hacia nosotros para separarnos. Suelto a Tommy, que se recoloca la camisa.

—Es verdad, Jonas, dijiste que lo de Shayla se había acabado. —Steve me da unos golpecitos en la espalda, intentando que me calme.

—Además, si ni siquiera la vas a ver… —continúa Tommy—. Te pasas todo el puto día con tu chica, pasando de los colegas,

Aprieto los labios y resoplo por la nariz. Lo miro fijamente.

—Si, por lo que sea, a Shayla se le ocurre liarme alguna, os vais a tomar por culo los dos. Ella y tú —le advierto, casi en un susurro—. Me da exactamente igual que tenga que buscarme un nuevo batería en medio de la gira. ¿Está claro?

—Cristalino —me responde Tommy, retándome con la mirada, y añade—: ¿Te vienes a tomar una birra o vuelves con la camarera?

Ni siquiera le contesto. Me voy directo hacia el ascensor, y pulso el botón de la última planta. Cuando se cierran las puertas, llamo a Chloe, porque no sé ni qué número de habitación tenemos en este hotel.

CAPÍTULO 31

Jonas

Salgo del ascensor y giro hacia la derecha, como acaba de indicarme Chloe. Al fondo del pasillo, me espera junto a la puerta entreabierta de nuestra habitación.

Se ha quitado los vaqueros y solo lleva una camiseta de tirantes y las braguitas. Disimula un bostezo mientras se frota los ojos. La tomo en brazos y cierro la puerta de una patada.

—¿Estabas durmiendo? —la beso en el cuello, llevándola hacia la cama, donde la deposito con delicadeza.

—Más o menos... —me sonríe—. ¿Habéis solucionado lo de la plataforma?

Asiento y levanto su camiseta, dejando un rastro de besos sobre su vientre. Tiene la piel calentita, seguro que estaba dormida cuando la he llamado. Chloe se la quita y estira de la mía. Me incorporo para que me la saque por la cabeza.

Vuelvo a besarla, con ansiedad; ella me acaricia el pelo, despacio.

—¿Estás bien, Jonas? —Noto un leve tono de preocupación en su voz.

—Sí… —miento, acariciándole el cuello con la punta de la nariz—, pero me muero de ganas de hacerte el amor.

Parece convencida con mi respuesta, porque toma mi cara con las manos y me besa en los labios. Cierro los ojos, abandonándome en ese beso. Por un instante, desaparecen todas mis preocupaciones: dejo de pensar en Tommy, en Shayla y en las putas ganas que tengo de tomarme un *whisky* desde que la he visto en el *backstage*. Solo siento el calor de Chloe bajo mi pecho, su lengua enroscándose con la mía, y las yemas de sus dedos recorriendo mi espalda con suavidad.

Desabrocho mi cinturón. Nos desnudamos mutuamente. Bajo mis labios por su cuerpo, colmándolo de besos, hasta acabar entre sus muslos, pero ella tira hacia arriba de mí.

—Dentro, cariño —me susurra al oído, y noto como se entrecorta mi respiración.

Tengo que levantarme a por los condones, que siguen metidos en la maleta. Me pongo uno, sin dejar de mirarla, y vuelvo a la cama deprisa, porque necesito hundirme en ella cuanto antes.

Me cuelo entre sus piernas, empujando despacio y Chloe me recibe con un gemido. Entierro mi cara en su cuello y vuelvo a empujar.

—Joder… —murmuro cuando estoy completamente dentro, y me quedo quieto unos segundos, disfrutando de esa placidez que me provoca su cuerpo.

Comenzamos a movernos juntos, acompasando el contoneo de nuestras caderas, en aquel baile que va subiendo de intensidad.

Sin bajar el ritmo, me incorporo para verla, porque me vuelve loco la manera en la que disfruta. Chloe me sonríe entre jadeos, clavando sus ojos en los míos y sus dedos en mi espalda.

No puedo apartar la mirada. En cada embestida la voy notando más tensa, y sé que un orgasmo está a punto de sacudirla. Con un susurro, le pido que me lo dé, y ella asiente mientras se arquea y se retuerce, mordiéndose el labio para contener un grito.

Sus últimos espasmos se mezclan con mis gemidos. No quiero terminar todavía, pero me resulta imposible contenerme. Embisto un par de veces más y me abandono con un gruñido antes de desplomarme sobre su cuerpo.

Mientras recuperamos el aliento, me echo hacia un lado y tiro de sus caderas para colocarla encima de mí. Noto sus dedos dibujando sobre mi pecho. Le acaricio la espalda.

—¿Cómo imaginas tu vida en el futuro? —dice de repente.

Me pilla tan de sorpresa que, sin proponerlo, detengo mis caricias.

—¿Qué quieres decir? —le pregunto—. ¿Cuándo sea viejo? ¿O el año que viene?

—Déjalo, es una tontería —contesta, avergonzada, y esconde la cara contra mi pecho.

Sonrío y vuelvo a acariciarle la espalda. Para ser sincero, jamás he pensado qué haré cuando sea viejo; quizás porque, hasta ahora, no había encontrado a nadie con quien quisiera envejecer.

Durante mucho tiempo, creí que Shayla era la mujer de mi vida. Me parecía que yo era el problema, que la agobiaba al demandar más de ella, pero ahora me doy cuenta de lo equivocado que estaba: Shayla nunca me ha querido, solo ha mirado por su propio interés.

—No me lo había planteado —le digo a Chloe, que levanta la cabeza—, pero si puedo elegir, me encantaría pasar los días en la cama contigo, componiendo y haciendo el amor, mientras Central Park se extiende ante nuestros ojos. Esa, para mí, es la vida perfecta.

—Me parece un buen plan. —Sonríe.

Se acerca a besarme, yo la abrazo con fuerza.

Y durante un instante, tengo miedo de volverme adicto también a ella, porque no sé lo que pasará conmigo si alguna vez decide abandonarme.

CAPÍTULO 32

Chloe

El ensayo de hoy no ha salido demasiado bien. Jonas estaba distraído, como si tuviera la cabeza en otra parte. Un par de veces se ha equivocado al cantar, y otro par ha empezado antes de tiempo.

Lleva raro desde ayer. Todavía no tengo muy claro cuál es la razón, pero creo que ha discutido con Tommy, porque no se han dirigido la palabra durante toda la prueba.

Abro la puerta de mi camerino. Las rosas de Samuel me esperan en el tocador. He recibido un nuevo ramo en cada una de las paradas de la gira —este, el de Chicago, es el cuarto—, pero aún no soy capaz de verlas sin estremecerme.

Tomo la tarjeta. Por un instante, dudo de si debería leerla, porque cada uno de sus mensajes sigue haciendo mella en mí, pero, cuando me doy cuenta, mis manos ya la han sacado del sobre.

«Aún no sé por qué te fuiste, éramos muy felices.

Te quiero. Samuel».

La miro sin dar crédito. ¿Cómo puede decir eso? Me viene a la cabeza su cara de furia la última vez que lo vi. Estaba fuera de control: las venas marcadas en la frente, los ojos inyectados en sangre...

—¡Uy, perdón! Este no es el camerino que estaba buscando —dice alguien y me saca de mis pensamientos.

Cierro el puño con rapidez para esconder la tarjeta y levanto la cabeza. Una chica guapísima acaba de entrar. Tengo la impresión de que la he visto antes, pero no sabría decir dónde. Sonríe demasiado, parece un poco colocada.

—Hola, soy Chloe... ¿puedo ayudarte en algo? —Intento devolverle la sonrisa.

—¿Chloe? ¡Hostia! —Suelta una carcajada. Señala las flores—. ¿Te las ha regalado Jonas?

—¿Nos conocemos?

—Creo que no nos han presentado aún... soy Shayla —dice, tendiéndome la mano.

Me quedo petrificada. Nunca se me hubiera pasado por la cabeza que aparecería en mi camerino. Pienso que en persona es muchísimo más guapa que en las fotos de internet, y enseguida, me asaltan un montón de miedos: ¿Qué hace aquí? ¿Va a dejarme por ella? ¿Por eso ha estado tan raro los últimos días?

—Oye, nena... —la puerta del camerino se abre y aparece Jonas. Al verla, la cara le cambia por completo. Me fijo en que está enfadado, pero no parece sorprendido de encontrársela—. ¡¿En serio, Shay, no había otro sitio?!

—Tranquilo, cariño, solo nos estamos presentando, aún no habíamos empezado a hablar de ti. —Me guiña un ojo antes de salir al pasillo—. Por cierto, ¿ahora regalas rosas? Eso sí que es nuevo...

Jonas cierra de un portazo. Se da la vuelta y apoya la espalda en la puerta. Lo observo, esperando una explicación. Agacha la cabeza.

—¿Has... vuelto con Shayla? —pregunto y no puedo evitar que me tiemble la voz.

Jonas levanta la mirada, abriendo mucho los ojos.

—No, no, nena, jamás se me ocurriría volver con ella. —Viene hacia mí, negando, y me rodea con sus brazos—. Ayer me enteré de que está con Tommy, y no quiero prescindir de mi batería, pero tampoco sé cómo hacer para que esto no nos afecte...

Miro hacia arriba. Jonas parece realmente agobiado.

»Perdona por no habértelo dicho antes, Chloe. He evitado pensar en ella porque me pone de muy mal humor, pero tenía que haber previsto que acabaría haciendo algo así...

Kat abre la puerta, cargada con mi vestuario de esta noche. Al vernos abrazados, se para en seco.

—De acuerdo, cariño, no pasa nada. —Doy un paso atrás, separándome de él, y le hago a Kat una seña para que entre, pero Jonas sigue en la misma posición.

—Tú, mi guitarra y Central Park —me dice muy serio—. No necesito nada más.

—Vale. —Sonrío y Jonas sonríe conmigo.

—Te veo en el escenario, nena —Me besa en los labios y sale del camerino. Al pasar junto a Kat, le guiña un ojo—. Hasta luego, Katherine...

Cuando Jonas se va, Kat cierra la puerta.

—¿Todo bien? —pregunta mi amiga, colgando la ropa en el perchero.

Asiento, contándole todo lo que acaba de ocurrir.

Y mientras lo hago, tengo un mal presentimiento con Shayla.

Solo espero estar equivocada.

CAPÍTULO 33

Jonas

Los días se suceden mientras recorremos el país de etapa en etapa. Me encantaría decir que me he acostumbrado a ver a Shayla con Tommy, pero no es verdad: me sigue hirviendo la sangre cada vez que los veo hacerse arrumacos en algún rincón. Y no quiero volver con ella, pero necesito que salga por completo de mi vida.

Si uno pretende superar una adicción, no le viene nada bien ver a su exnovia a todas horas por el *backstage*, comiéndole la boca a quien creía que era uno de sus mejores amigos. Tampoco ayuda que siempre que me la encuentro tenga una cerveza en la mano, esté fumada o vaya puesta de algo más fuerte; y, mucho menos, que haya acabado medio desnuda en mi camerino «por error» dos veces en una misma semana.

Chloe se calla, pero no lo lleva nada bien. De algún modo, se ha encerrado en sí misma. Cuando viajamos con el resto del grupo, se sienta junto a la ventanilla para evadirse de la conversación, que, generalmente, siempre gira en torno a Shayla.

Tras la prueba de sonido, vuelvo a hablar con Zach; dice que entiende mi situación y que a él tampoco le hace ninguna gracia, pero insiste en que no es posible prescindir de Tommy a estas alturas de la gira, menos aún, por motivos tan personales.

Salgo del escenario, con un cabreo monumental. Al entrar en el *backstage* me tropiezo con un cable y estoy a punto de caerme. Suelto un grito y la emprendo a patadas con un altavoz, descargando toda mi frustración a golpes.

—Te noto un poco tenso, cariño… Creía que tu chica te relajaba por las noches. —escucho a mi espalda.

Cuando me vuelvo, descubro a Shayla, que está fumándose un porro a unos dos metros. Extiende el brazo y me lo ofrece.

Tengo que hacer verdaderos esfuerzos para no gritarle también a ella.

En mi camerino, sobre la mesa, me espera un ramo de rosas rojas. Doy un paso atrás, pensando que quizás me he equivocado y he entrado por error en el de Chloe, pero es mi nombre el que está en la puerta.

Vienen con un sobrecito y me resulta extraño, porque cuando le pregunto, siempre me contesta que no tienen tarjeta. La abro. Sé que está mal, pero una parte de mí quiere saber quién le manda tantas flores a mi novia.

«De acuerdo, Chloe. Ya has conseguido ponerme celoso con el rockerito. Vuelve a casa, por favor. Te quiero. Samuel».

Era lo que me faltaba por hoy. Cojo las rosas y voy a su camerino.

Abro sin llamar. Está sentada en la silla, comprobando su móvil. Se gira hacia mí y sonríe al verme, hasta que se da cuenta de la cara que tengo.

—Me las han llevado a mí —le digo, dejándolas bruscamente sobre el tocador. Las observa nerviosa, como si buscase algo—. Y, esta vez, vienen con tarjetita.

La dejo junto a las flores y se lanza a por ella. Levanto las cejas, sorprendido.

—¿La has leído? —pregunta al darse cuenta de que el sobre está rasgado.

—¿Quién es Samuel? —Me cruzo de brazos, ignorando su pregunta.

—No tienes ningún derecho a leer mi tarjeta…

—¡¿Quién es Samuel y por qué quiere que vuelvas a casa?! —repito, elevando la voz.

—¡Samuel es mi ex! —me responde con un grito. Nos miramos durante unos instantes. Baja la vista al suelo e inspira hondo—. Gracias por traérmelas. Si no te importa, tengo que arreglarme…

Salgo de allí dando un portazo. Por suerte, de vuelta a mi camerino, no me cruzo con nadie más.

Esta noche, no tenemos ninguna complicidad en el escenario. Entonar *Love Song* me resulta muy difícil y no creo que sea capaz de repetirla en los bises. Supongo que el público también lo ha notado, porque los aplausos suenan más débiles que nunca.

Como es habitual, Chloe sigue el concierto desde el lateral del *backstage*. Admiro su profesionalidad, pero hoy preferiría que no estuviera. Su presencia me incomoda: no me apetece verla en los descansos y me imagino que a ella le ocurre lo mismo.

—Puedes irte al hotel —le digo en el cambio de vestuario, mientras me quito la chaqueta—, en el bis cantaremos *Give Up*.

Asiente y se marcha sin decirme nada, aunque se la nota molesta. Sé que a la prensa no le pasará desapercibido, pero prefiero darles un cotilleo que una pésima actuación.

Al terminar el concierto, me ducho y voy al camerino de Steve. Necesito una cerveza y en el mío solo hay sin alcohol. Mi colega se alegra de que me pase a verlo. Compartimos un par de birras, hablamos de trivialidades, y enseguida me pongo de mejor humor. Es justo lo que me hacía falta.

Acabo de abrir la tercera cuando aparecen Tommy y Shayla por allí. Resoplo, sin disimular mi malestar, me la bebo casi de un trago y dejo el casco vacío sobre la mesa.

—Hora de irse… —Le doy un par de palmaditas en la espalda a Steve—. Gracias por este rato, tío.

—Cuando quieras. Siempre eres bienvenido —me contesta.

Esbozo una sonrisa y me marcho decidido hacia la puerta. Tommy se aparta para dejarme salir, pero Shayla tarda unos segundos más, obligándome a detenerme. Cruzamos la mirada.

—Nos vemos, Jonas… —susurra con voz sugerente.

No debería de afectarme lo que ella diga, pero lo hace. Odio que todavía tenga tanto poder sobre mí.

Al salir, cierro con tanta fuerza que resuena por todo el estadio.

CAPÍTULO 34

Jonas

Respiro hondo, al menos tres veces, antes de llamar a nuestra habitación. Sigo enfadado con Chloe. Su ex lleva semanas tratando de reconquistarla y ella no ha sido capaz de decírmelo. Me siento traicionado, como si durante todo este tiempo, los dos se hubieran reído de mí.

Abre con los ojos rojos, un poco hinchados. Parece que ha estado llorando.

—No llevo la llave…. La he perdido, creo —murmuro y noto que se me traba un poco la lengua.

—¿Has bebido? —Chloe se hace a un lado para dejarme entrar.

—No estoy borracho.

—Entiendo.

Frunce los labios y cierra la puerta. Camino hacia la zona del salón. Chloe viene detrás de mí, se acomoda en el sillón y cruza las piernas. Me siento en el brazo del sofá.

No sé cómo enfrentarme a esta conversación, así que voy directo al grano.

—¿Por qué no me has dicho de quién eran las flores?

—No deberías haber leído esa tarjeta.

—Tienes razón —admito, y vuelvo a preguntar—. ¿Por qué no me lo has contado?

Nos miramos fijamente. Toma aire y, durante un segundo, tengo la impresión de que va a sincerarse, pero levanta la vista y exhala con brusquedad.

—Es complicado.

—Complicado… —Me incorporo y suelto un bufido.

Chloe sube las piernas al asiento y se abraza las rodillas, que ha empezado a mover de forma repetitiva. Deambulo por la habitación, cada vez más frustrado ante su hermetismo.

—¿Me has usado para hacerte famosa? —Intento provocarla.

—¡¿Qué?! —Alza la cabeza y me mira con rabia—. ¡¿En serio piensas eso de mí?!

—Bueno, ahora eres cantante. —Me encojo de hombros—. No serías la primera que se acuesta conmigo para conseguir algo…

—Vete a la mierda, Jonas. —Se levanta y va deprisa hacia el baño. La detengo, poniéndome delante de ella y le bloqueo el camino.

—Entonces, ¿por qué me lo has ocultado? —insisto, pero Chloe no contesta. Se mueve hacia los lados, nerviosa, intentando apartarme—. Llevas tres semanas recibiendo rosas de otro tío y no me dices que es tu ex… ¡¿Qué se supone que debo pensar?! ¡¿Es que vas a volver con él?!

—¡¿Con Samuel?! —Me grita con histerismo, a punto de llorar—. ¡¿Crees que voy a volver con Samuel después de lo que me hizo?!

Levanto las cejas y la miro descolocado, sin entender de qué me habla.

—¿Qué te hizo?

—Olvídalo. —Se da media vuelta y va a sentarse en el sofá.

La sigo hasta allí. Me acuclillo enfrente de ella. Se muerde el labio y fija la vista en otro lado. Noto que tiembla.

—¿Qué pasó con Samuel? Por favor, confía en mí —susurro. Cruzamos la mirada y puedo sentir su miedo—. No me digas que te… —Cierro los ojos un instante, porque no quiero siquiera imaginar que ese desgraciado haya podido ponerle una mano encima—. ¿Te pegaba? —Chloe me mira, pero no responde—. ¿Es eso, nena? ¿Te ha pegado alguna vez?

Empieza a mover la cabeza despacio, asintiendo. Luego se echa a llorar. Aprieto los puños.

«Dios, voy a matar a ese hijo de puta».

Me levanto para abrazarla; ella rodea mi cintura y se apretuja contra mí. Le acaricio el pelo, meciéndola despacio. Cuando está más calmada, me siento junto a ella.

—Tenemos que denunciarlo.

—No, déjalo, Jonas, por favor. —Me mira asustada.

—¿Pero por qué?

—Porque la prensa se enteraría, todo saldría a la luz… —Se retuerce las manos. Habla nerviosa, con la respiración entrecortada—. Me amenazó con que me mataría si se lo contaba a alguien…

—Escúchame, nena. —Tomo su cara entre mis manos—. Tenemos a Bruce, estamos protegidos por el mejor equipo de seguridad. Samuel no te va a tocar ni un pelo, créeme —La miro hasta que asiente con la cabeza—. Pero tenemos que pararle los pies, no puedes seguir aceptando sus rosas. ¿Quieres que le digamos a Gio que rechacen todos los ramos a partir de ahora?

—Sí… —contesta con un hilo de voz—. Mañana por la mañana hablaremos con él.

Esa noche en la cama, mientras nos quedamos dormidos, la abrazo con fuerza y rezo para no encontrarme nunca con ese Samuel.

Por su propio bien.

CAPÍTULO 35

Chloe

Hace casi una semana que hablé con Gio para que rechazaran los ramos de Samuel, pero no ver las rosas sobre el tocador todavía me produce más inquietud. No paro de imaginar la cara que habrá puesto al enterarse, seguro que es la misma que tenía la última vez que lo vi…

Solo me pegó una vez; «esa vez», la que me hizo salir corriendo de Denver. Sus otras agresiones habían sido un poco más sutiles, pero terminaron doliéndome con mucha más intensidad.

Acababa de cumplir dieciocho cuando empecé a salir con Samuel, que ya tenía veinticuatro años. Yo estaba terminando el instituto y él era el hombre de mis sueños: guapo, divertido, tenía un buen trabajo y estaba siempre pendiente de mí. Todas mis amigas se morían de la envidia.

Me regalaba joyas, venía a recogerme con su Lexus reluciente, tan distinto de los vehículos de segunda o tercera mano de mis compañeros de clase, y cuando me abría la puerta para que subiera, me hacía sentir especial.

Pero lo que él disfrazada de atenciones, no eran más que muestras de control, aunque tardé muchísimo tiempo en darme cuenta de eso.

Íbamos a restaurantes, al cine o a conciertos, en ocasiones con amigos, aunque la mayoría de las veces, éramos únicamente los dos. «Soy celoso, no me gusta compartirte», decía con una sonrisa, y yo me alegraba, porque pensaba que era por lo mucho que me quería.

No fui a mi baile de graduación. Él era muy mayor para acompañarme y me propuso que saliésemos a cenar los dos solos. Estuvimos en un local demasiado elegante para una adolescente, mientras todos mis amigos se divertían en la limusina que habían alquilado para la ocasión.

Y así, poco a poco, me fui perdiendo eventos importantes en mi vida: las reuniones con mi familia y amigos, que eran «un poco insoportables» o «unos críos inmaduros»; no aprendí a conducir, porque «podía pedirle a él que me llevase a donde quisiera»; ni fui a la universidad, porque «él cuidaría de mí, no necesitaba estudiar ni, mucho menos, ponerme a trabajar».

Incluso abandoné mi sueño de convertirme en cantante; me repitió tantas veces que no tenía ningún talento, que me lo acabé creyendo.

Aunque tenía un buen puesto en Tulsa, Samuel se empeñó en pedir el traslado a Denver, donde su empresa buscaba personal para un cargo superior. No llevábamos saliendo ni un año, pero nos mudamos juntos a otra ciudad. Empecé a depender de él por completo. Estaba sola, absolutamente a su merced.

Empezó a gritarme por todo; yo lo justificaba, diciendo que estaba estresado con el trabajo. Cuando se enfadaba conmigo, era yo la que acababa pidiéndole perdón, convencida de que había sido mi culpa, porque ese era el poder de Samuel, hacerte dudar de lo que había ocurrido. Llegó la ansiedad y la falta de autoestima. Consentí faltas de respeto que no tenía que haber permitido, pero nunca creí que fuera un maltratador, porque jamás me dio ni un solo golpe.

Hasta «esa vez».

Recuerdo que habíamos salido a cenar y lo estábamos pasando muy bien. Fui un momento al servicio y, al volver, estaba enfadado conmigo. No me habló durante el resto de la noche, a pesar de que yo no paraba de preguntarle qué le había hecho que le hubiera molestado tanto.

Al entrar en casa, me agarró del brazo y me empujó contra la pared. Me dijo que me había visto ligar con un camarero. Y al jurarle que solo le había preguntado donde estaba el cuarto de baño, me gritó que, además de una zorra, también era una mentirosa.

Acabé tirada en el suelo, con la puntera de sus botas percutiendo contra mi cuerpo. Me insultaba con los ojos inyectados en sangre. Aún me estremezco al recordar la furia que descargaba en cada golpe, la sensación de que había dejado de ser humano y se había convertido en una bestia capaz de matar.

La mañana siguiente hice una maleta, vendí algunas joyas y me fui directa al aeropuerto para comprar un billete de avión. Podría haber vuelto a Tulsa, pero di por hecho que sería el primer lugar donde Samuel me buscaría.

Al pasar por el quiosco, se me fue la vista a la portada de un *magazine*, en el que aparecía uno de mis ídolos. Decidí empezar de cero en Nashville, «la Ciudad de la Música», y crucé los dedos para que la vida me diese otra oportunidad. Jamás imaginé que el cantante de aquella revista acabaría enamorándose de mí.

Mañana viajaremos a Denver. Y tengo muchísimo miedo.

Algo me dice que estoy a punto de volver a ver a Samuel.

CAPÍTULO 36

Chloe

No dejo de mirar alrededor desde que aterrizamos en Denver. Tengo la sensación de que, en cualquier momento, me voy a encontrar con Samuel. Jonas me rodea los hombros y me acerca hacia su cuerpo.

—Tranquila nena, no va a pasar nada —dice con cariño, frotándome el brazo.

Fuerzo una sonrisa, intentando ignorar a mi instinto, y me acurruco contra él. Se inclina para besarme antes de subir al minibús.

Es el cumpleaños de Steve y todo el mundo está de buen humor. Le han sacado una tarta en el *jet* privado y hemos brindado con champán. Hoy no tenemos concierto, por lo que ha preparado una fiesta en un local cercano al hotel.

—Os espero a los dos esta noche —nos dice, aproximándose a nuestros asientos—. Y no podéis decirme que no. Soy el chico del cumpleaños, tenéis que cumplir mis deseos.

Jonas se ríe y le asegura que nos pasaremos un rato por allí. No puedo evitar tensarme, porque preferiría que esta noche no saliéramos de la habitación, pero entiendo que es su amigo y que quiera celebrarlo junto al resto del equipo.

Asiento con la cabeza mirando a Steve. Cuando vuelve a su sitio, intento convencerme de que, esta noche, nada malo nos va a pasar.

Llegamos a la fiesta acompañados de Bruce. Steve se acerca a saludarnos y le da un abrazo a Jonas.

—Gracias, tío —oigo que le dice—. Me alegro mucho de veros aquí.

Mientras ellos hablan, echo un vistazo alrededor. Ha venido mucha gente, prácticamente todo el equipo de la gira y algunas invitadas más. Saludo con la mano a Kat, que me manda un beso desde la barra. Está con la estilista y su ayudante; los tres se ríen y chocan sus copas para brindar.

Zach se acerca a nosotros con unas cervezas sin alcohol. Nos entrega un botellín a cada uno y mira con disimulo mi amiga. Me fijo en que ella le guiña un ojo y él sonríe. Son tan discretos que si no supiera que están juntos, ese gesto me pasaría desapercibido.

La siguiente hora y media la pasamos hablando con unos y con otros. Zach se encarga de pedirnos las bebidas y Bruce no se separa de nuestro lado. La fiesta está muy animada, si no estuviera tan nerviosa por la posibilidad de que Samuel apareciera en cualquier momento, lo pasaría mucho mejor.

Por razones evidentes, nunca bebo alcohol delante de Jonas, pero hoy necesito algo fuerte que temple mis nervios. Le digo que voy un momento al servicio y le hace una seña a Bruce. Me rio nerviosa.

—Al baño prefiero ir sola…

Me despido con un beso y cruzo el local. Cuando creo que ya no puede verme, me acerco a la barra y pido un par de chupitos de *whisky*.

—¿Escondiéndote de Jonas?

Me doy la vuelta sobresaltada, y descubro a Tommy detrás de mí. Parece que está bastante colocado, porque sonríe torciendo la boca.

—No se lo digas. —Me bebo uno de los dos vasos que el camarero acaba de servirme.

A Tommy le debe de parecer muy gracioso, porque se acerca y suelta una carcajada desmedida.

—Yo te guardo todos los secretos que tú quieras… —Se pone el dedo en los labios. Luego se bebe de un trago mi otro chupito—. ¿Pido dos más? —pregunta acercándose demasiado.

Por un instante, dudo si aceptarlo, pero una vocecita interna me advierte de que es mejor marcharme. Le digo que primero quiero fumarme un pitillo y me señala una puerta, medio escondida en un lateral. Camino hacia allí decidida.

Al empujarla, salgo a un callejón bastante solitario. Me acabo de encender un cigarro cuando me doy cuenta de que no he avisado a Bruce. Lo tiro al suelo y voy a regresar a la fiesta, pero es una salida de emergencia y la puerta no tiene pomo. No puedo volver a entrar.

Respiro hondo. Saco el móvil de mi bolso para llamar a Jonas. Estoy tan nerviosa que me equivoco al marcar. Tras dos intentos, lo encuentro en la agenda y pulso sobre su nombre.

—¿Chloe? ¿Qué pasa, nena? —contesta al segundo tono.

Y antes de que pueda responder, escucho unas pisadas a mi espalda.

—Hola, amor mío.

No tengo ni que girarme.

Se me para el corazón al reconocer su voz.

CAPÍTULO 37

Jonas

—Nena, ¿qué ocurre? —repito, pero Chloe no contesta—. ¿Dónde…?

No he terminado la frase cuando se corta la llamada. Pulso sobre su contacto para marcar su número, pero no escucho ningún tono. Parece que no tiene señal. Le hago un gesto a Bruce, que se acerca enseguida.

—Algo le ha pasado a Chloe —Miro alrededor, inquieto.

—Vamos a buscarla. —Me pone una mano en el hombro para tranquilizarme.

Cruzamos el local hacia los servicios, donde entramos gritando su nombre. Hay bastante cola y, al principio, se arma un poco de revuelo, pero al ver nuestras caras de preocupación se apacigua el griterío. Golpeamos las puertas, hasta que se desocupan todos los habitáculos, y comprobamos que Chloe no está.

Volvemos a la fiesta. Parece que hay más gente, sobre todo, grupos de chicas. Miro en todas las direcciones, pero no la veo por ningún lado.

—¿Qué pasa, Jonas? —Zach ha venido directo hacia mí.

—No sé dónde está Chloe… —le contesto, cada vez más nervioso.

Nos asomamos a la puerta principal, donde se agolpa una multitud que chilla al verme, y tengo que regresar al interior.

Empiezo a angustiarme muchísimo por la posibilidad de que le haya pasado algo. Tenso los puños, rezando porque no haya sido Samuel. Teníamos que habernos quedado en la habitación.

Descubro a Tommy mirándome desde la barra. Cuando me acerco, sonríe.

—¿Has visto a Chloe? —le pregunto, tenso. Asiente despacio con la cabeza. Va bastante colocado—. ¿Dónde está?

—No puedo decírtelo, estoy guardándole el secreto.

Hace el gesto de la cremallera sobre sus labios y se echa a reír. Le agarro de la camiseta con las dos manos y lo zarandeo.

—¡Que me digas donde está! —le grito.

Bruce se asoma a mi espalda. Al momento, Tommy se pone serio y señala con la cabeza hacia el lateral. Al fijarme, veo que hay una puerta.

Suelto a Tommy y vamos corriendo hacia allí.

CAPÍTULO 38

Chloe

Al oír la voz de Samuel, me quedo paralizada. Las manos empiezan a temblarme, el teléfono se me resbala y cae al suelo con brusquedad.

—Te echaba tanto de menos, vida mía…

Le escucho avanzar un par de pasos. Me agacho a recoger el móvil para volver a llamar a Jonas, pero la pantalla se ha partido por el impacto y ha dejado de funcionar.

Me incorporo deprisa, girándome hacia él. Al verme, sonríe.

—Estás más guapa que nunca.

Se agacha a besarme. Por instinto, doy un paso atrás.

—¡No te acerques! —Extiendo el brazo, intentando detener su avance. Lo aparta de un manotazo.

—Llevo buscando a mi novia durante más de un año ¿y no voy a poder abrazarla? —Rodea mi cuerpo, estrechándome con fuerza, y tenso todos los músculos. Estoy aterrorizada, creo que en cualquier momento va a volver a golpearme, pero en lugar de eso, me da un beso en la mejilla y me susurra—. Está bien, me has puesto celoso. Vámonos a casa.

Coge la mano y estira de mí, pero me resisto.

—No voy a volver contigo después de lo que pasó…

—¿Qué pasó, Chloe? —Me interrumpe, mirándome como si no entendiera nada—. Tropezaste y te golpeaste al caer, fue un accidente… ¿o es que ya no te acuerdas?

Lo miro con los ojos muy abiertos, porque no puedo creer lo que me está diciendo. Lo peor es la manera en la que lo explica, absolutamente convencido de que es verdad. Si no lo tuviera grabado en la memoria, ahora, incluso, me haría dudar. Vuelve a estirar de mi mano.

—No, Samuel —le digo, plantándole cara, aunque por dentro estoy como un flan.

—¿Pero no te das cuenta? Llevo meses justificando tu ausencia. Tuve que decir que te habías ido a Tulsa para cuidar a tu abuela enferma y, de repente, apareces por todas partes de putita del *rockero*. ¡¿Qué es lo que pretendes, Chloe?! ¡¿Tocarme los cojones?! ¡¿Humillarme públicamente?!

La puerta se abre de golpe en ese momento. Jonas sale corriendo y empuja con fuerza a Samuel para apartarlo.

—¡Ni se te ocurra tocarla! —grita Jonas, colocándose delante de mí e interponiéndose entre los dos. Me agarro con ambas manos a su camisa.

Bruce sujeta a Samuel de un brazo y lo aleja de nosotros.

—¿Estás bien, nena? —pregunta Jonas, nervioso. Asiento con la cabeza.

—¿Me mandas a la niñera? —le espeta Samuel—. ¿Es que no tienes huevos a pegarme tú mismo?

—Vuelve dentro, Chloe. —Jonas me hace una seña para que regrese al interior del local, pero no quiero soltarle—. ¡Que vuelvas dentro! —chilla, señalándome la puerta, por la que empieza a asomarse la gente.

Doy un par de pasos atrás, asustada.

—Anda, si el *rockerito* también te grita —se burla Samuel—. ¿Te ha dado también algún azote?

—¡Eres un puto desgraciado! —Jonas va directo hacia él y le suelta un puñetazo en la cara.

Samuel retrocede por la inercia y sacude la cabeza para recuperarse del impacto.

—¿Eso es todo lo que sabes hacer? —Toma impulso para devolvérselo.

Grito horrorizada cuando empiezan a pegarse. Al separarlos, Bruce recibe en el estómago un golpe que iba dirigido a Jonas. Empuja a Samuel, que se desestabiliza y acaba cayendo al suelo. Jonas se tira encima de él.

—¡Te voy a matar, hijo de puta!

Empieza a sacudirlo con furia, totalmente fuera de sí. En sus ojos veo la misma rabia con la que me golpeaba Samuel aquella noche.

—¡Jonas, para! —chillo, temblando de miedo—. ¡Para, por favor, que lo vas a matar de verdad!

Bruce sujeta a Jonas de las muñecas para que se detenga. Este se retuerce, tratando de liberarse. Acaba resoplando, resignado.

En el suelo, Samuel suelta una especie de carcajada, seguida de una tos.

—Es igual que yo, Chloe. —Me mira y escupe un poco de sangre—. Tu *rockerito* es igual que yo.

Horrorizada, me voy corriendo de allí.

A lo lejos, el ruido de las sirenas anuncia que la policía está a punto de llegar.

CAPÍTULO 39

Jonas

—Creía que ya habíamos superado estas escenitas —me dice Zach al entrar en el coche.

—Por los viejos tiempos… —Me abrocho el cinturón.

Suelta un suspiro, arranca el motor y nos incorporamos a la carretera para volver al hotel. Miro por la ventanilla, ajustándome las gafas de sol.

Ha sido una noche movidita. y he terminado durmiendo en el calabozo. Tras la pelea en el callejón, la policía nos detuvo a Samuel y a mí.

Por lo que me ha contado Zach, Chloe ha denunciado a su ex por acoso y ahora él tiene una orden de alejamiento. No podrá acercarse a menos de doscientos metros ni comunicarse con ella por ningún medio.

Samuel no ha presentado cargos, aunque le he roto la nariz y un par de dientes. Supongo que la indemnización que le ha ofrecido mi abogada ha sido lo bastante sustanciosa para que desaparezca de nuestras vidas.

Aparcamos el coche de alquiler en el garaje. Zach pulsa el botón del ascensor y subimos en silencio. Al salir, nos despedimos con un movimiento de cabeza y cada uno se va a su habitación.

Hoy tampoco llevo encima la llave, para variar. Llamo a la puerta y apoyo la frente en la madera, conteniendo un bostezo. Tengo sueño. Solo quiero abrazarme al cuerpo de Chloe y dormir hasta que sea la hora de ensayar. Por suerte, esta tarde nada más hay que ir al estadio para las pruebas de sonido; hasta mañana no tenemos el concierto.

Pasan un par de minutos, pero nadie abre. Insisto, dando un par de golpecitos más.

—Nena, soy yo.

Espero un poco antes de sacar el móvil. Al pulsar su número, me quedo sin batería.

—Mierda —resoplo con frustración.

No me queda otra que bajar a recepción para pedir una copia adicional.

Al entrar en nuestra *suite* me sorprende que haya tanta luz. Esperaba encontrarme las cortinas cerradas y a Chloe tumbada en la cama. Tras un vistazo rápido, me doy cuenta de que no está allí. Cuando me asomo al baño, advierto que también faltan sus cosas. No veo ni la maleta ni su neceser.

Corro a buscar a Zach.

Me abre la puerta con el pelo revuelto, abrochándose la camisa.

—¿Qué quieres, Jonas? Trataba de dormir un poco…

—¿Dónde está Chloe? —pregunto con impaciencia.

—¿No te lo ha dicho? —Suspira—. Esta mañana se ha cambiado de habitación. Está asustada, ayer te pusiste como un loco…

—¿Qué número de habitación tiene? —lo interrumpo—. Me he quedado sin batería y necesito hablar con ella.

—No, Jonas, déjala tranquila. —Me da unas palmadas en el brazo para que regrese a mi *suite*—. Vete a descansar. Os veréis en el ensayo.

Y antes de que pueda añadir nada más, me cierra la puerta.

Por la tarde, soy el primero en salir a la parte trasera del hotel, donde ya está aparcado el minibús. Me enciendo un cigarrillo mientras espero al resto del grupo.

Estoy ansioso por ver a Chloe. Necesito hablar con ella y pedirle perdón por mi comportamiento de anoche. Casi no he pegado ojo; no he parado de darle vueltas a lo que ocurrió y entiendo que esté asustada, porque se me fue completamente de las manos.

Poco a poco, van llegando todos: Don, Steve y Tommy, que baja sin Shayla. Por último, Zach. Con un gesto, me indica que suba al vehículo.

—¿Y Chloe?

—No viene al ensayo, no se encuentra bien. —Zach se encoge de hombros.

Suelto un bufido, no sé qué pensar. Hasta este momento, le estaba dando espacio, pero si se ha enfadado tanto conmigo, creo que, al menos, debería decírmelo.

Le envío un mensaje.

Jonas: ¿Estás bien?
Necesito que hablemos.

Me quedo mirando la pantalla, esperando a que aparezca en línea.

—¿Cómo acabaste ayer, tío? —Steve se acerca a mi asiento. Con la barbilla, me señala la mano, que llevo vendada.

—El otro terminó peor —me encojo de hombros. Mi amigo suelta una carcajada.

Cierro WhatsApp y me echo a un lado para que se siente. El resto del trayecto lo paso charlando con él.

CAPÍTULO 40

Jonas

Dos horas más tarde, al acabar el ensayo, aún no tengo noticias de Chloe. Vuelvo a comprobar WhatsApp, pero su última hora de conexión sigue siendo la de esta mañana.

—¿Quieres una birra? —Me pregunta Steve.

—Sí, vamos. —Guardo el móvil y lo acompaño a su camerino.

Abrimos unas cervezas y seguimos comentando la noche anterior. Por lo que me cuenta, la suya terminó mucho mejor que la mía, en su habitación con un grupito de universitarias.

Acaba de pasarme el segundo botellín, cuando se abre la puerta. Es Shayla. Doy un trago sin quitarle la vista de encima, esperando que aparezca Tommy por detrás. Me sorprendo al ver que está sola.

—¿Puedo? —pregunta—. Me he peleado con Tommy.

No digo nada. Steve le hace un gesto con la mano para que entre y le pasa una cerveza, mientras sigue hablando de la que montaron anoche en el hotel. Shayla se ríe.

—Se os escuchaba desde el otro lado del pasillo… —le dice a Steve. Después, me pregunta—: ¿Tú no los oíste, Jonas?

—No, estaba en comisaría.

—Hostia, es verdad. —Saca una bolsita de marihuana del bolso y empieza a liarse un porro—. ¿Y todo bien?

Me encojo de hombros y doy otro trago. Shayla me mira de reojo mientras pasa la lengua por la parte engomada del papel. Saco mi móvil y entro en WhatsApp para ver si tengo algún mensaje de Chloe.

Nada.

Me fijo en que, junto a mi último texto, está el doble *check* azul. Lo ha leído, pero no ha querido contestarme. Vuelvo a escribirle.

Jonas: Al menos dime el número de tu habitación.

Chloe aparece en línea, lee el mensaje y se vuelve a desconectar. No entiendo nada. Guardo el móvil y me froto con dos dedos el puente de la nariz.

—¿Quieres, Jonas?

Levanto la vista. De pie, frente a mí, Shayla se enciende el porro y me lo tiende.

Suspiro con fuerza. Se lo quito de los dedos y, recostándome en el sillón, le doy una buena calada.

Lo que iba a ser una charla tranquila en el camerino, acaba convirtiéndose en un fiestón en el reservado de una discoteca. Steve llama a las universitarias de anoche, que se traen a unas amigas. Cuando nos queremos dar cuenta, estamos agitando unas botellas y rociándolas con champán, mientras el *DJ* pincha *Icon* y todo el mundo salta al unísono.

Bebo a morro un par de tragos. Enseguida, Shayla viene corriendo para que le dé de beber. No me pasa desapercibido que lleva toda la noche intentando provocarme. Me da lo mismo; puede hacer lo que quiera, yo no voy a caer.

Dejo la botella vacía en la mesa y me desplomo en uno de los sofás. Estoy borracho y algo fumado, supongo que como todos los que me rodean.

No sé ni qué hora es. Saco el móvil para comprobarlo en la pantalla y descubro que tengo un mensaje de Chloe.

—Mierda…

Me incorporo en el asiento y abro WhatsApp.

Chloe: 438

Es de hace un par de horas y solo ha escrito esas tres cifras. Al principio no lo entiendo, pero luego me doy cuenta de que es el número de su habitación. Me levanto del sofá y busco a Steve.

—Vamos al hotel —le digo.

—¡Todos a mi *suite*! —Alza el puño, girando sobre sí mismo. Las chicas suben los brazos y chillan.

—¡Sí! Sigamos la fiesta en la habitación de Steve —Shayla se agarra a mí, dando saltitos.

Los miro enarcando las cejas. Creo que no han entendido lo que quería decir.

Al salir del ascensor, les pido que se adelanten porque tengo que recoger una cosa en mi *suite*. Shayla se ofrece a acompañarme, pero le paro los pies.

—No tardes —dice enfurruñada.

Camino por el pasillo buscando la habitación 438. Al encontrarla, llamo con los nudillos.

—Chloe, ábreme.

Respiro hondo y cierro los ojos, pero los abro al instante, al darme cuenta de lo borracho que voy. Solo espero que ella no lo note

—¿Jonas? —Chloe se asoma por una rendija, con un ojo abierto y el otro medio cerrado. Parece que estaba durmiendo.

—Nena…. —Sonrío—. Te echo de menos.

Me mira sin decir nada. Me inclino hacia ella y tengo que apoyarme en el marco de la puerta porque me tambaleo.

—¿Has bebido? —pregunta bajito.

—Sí... pero no te asustes, porque yo no voy a hacerte nada. —Levanto las dos manos en el aire—. Nunca te voy a tocar.

Al agacharme para darle un beso, pierdo el equilibrio y estoy a punto de caerle encima.

—Es mejor que te vayas a dormir. —Empieza a cerrar la puerta. La empujo con la mano para mantenerla abierta.

—Nena, perdóname... Por beber, por pegarle a ese hijo de puta y por... todo, pero no me dejes aquí...

Se muerde el labio y baja la mirada. Algo en mi interior me dice que está a punto de romper conmigo y me entra el pánico.

—Por favor, Chloe, no lo hagas —le suplico—. Si tú no estás, no quiero vivir... Te necesito para no acabar destruyéndome.

—Vete, Jonas —me dice casi en un susurro—. Estás borracho. Hablamos mañana.

Y cierra la puerta.

—¡Nena! ¡Por favor! —La aporreo con fuerza, golpeándola con ambas manos.

Le pido que me abra, que si no lo hace entenderé que me ha dejado. Se arma tal escándalo que se asoman al pasillo el resto de habitaciones.

En algún momento, Zach viene hacia mí y me pide que pare de gritar, porque la estoy asustando. Bruce me sujeta desde atrás, levantándome en el aire, y me lleva hasta mi habitación. Forcejeo con él, sacudiendo piernas y brazos.

Me suelta sobre la cama como un saco de patatas. Me abrazo a la almohada y me pongo a llorar. Parezco un crío. Todo huele a ella, pero ella no está.

—¿Alguna vez dejarás de liarla, Jonas? —suspira Zach.

Cuando se van, aún estoy llorando. Cojo mi móvil y llamo a Chloe. Escucho una grabación explicando que ese número no existe y enseguida me doy cuenta de que me ha bloqueado. Siento dolor y rabia. Estoy tan enfadado que le envío a Shayla un mensaje.

Jonas: Ven.

Ni siquiera le digo el número de mi habitación. Ella solita se encarga de encontrarla.

CAPÍTULO 41

Chloe

Doy media vuelta en la cama. Otra más. No sé ni cuantas llevo, pero no he sido capaz de dormir en toda la noche. Los gritos de Jonas frente a mi puerta no han parado de resonar en mis oídos.

Me tumbo boca arriba y suspiro. Miro el móvil; aún no son ni las siete de la mañana, pero creo que es mejor que me levante. Decido darme una ducha.

Al salir estoy un poco más despejada. Mientras me seco el pelo en el baño, me hago la pregunta que llevo evitando desde anoche: ¿Qué va a pasar con Jonas?

Está claro que es un adicto: Si estamos bien, consigue reprimir sus ganas, pero en cuanto nos enfadamos, se descontrola y vuelve a caer. Aunque es fuerte y capaz de contenerse, no lo hace por él, si no por mí, y no es justo que ese peso recaiga sobre mis hombros.

Aún sigo asustada por el modo en el que reaccionó en el callejón. Estaba rabioso y fuera de sí, golpeándolo como una bestia... ¿Y si Samuel tiene razón? ¿Y si repito un patrón y ellos dos no son tan diferentes?

Suspiro con fuerza. Me viene a la cabeza cómo me abraza Jonas cada noche antes de dormir, los besos que me da por las mañanas, la forma tan cariñosa en la que me trata siempre… No, tiene sus propios fantasmas, pero no se parecen en nada.

Empiezo a valorar que Samuel lo provocara para asustarme. Y, como siempre, lo consiguió. Tal vez me he precipitado al cambiarme de habitación tan rápido.

Dudo si ir a hablar con Jonas. Si yo no he podido dormir, él tampoco habrá pegado ojo. Anoche parecía muy afectado, suplicándome que lo dejase pasar. Me pongo una camiseta y unos vaqueros, y me voy derechita a la *suite* que compartíamos hasta hace unas horas.

Al llegar, me retuerzo las manos, nerviosa. Estoy a punto de llamar, cuando se abre la puerta y sale la última persona que esperaba encontrarme.

Shayla.

No dice nada. Solo me mira con una media sonrisa, recolocándose la falda. Después se aleja por el pasillo hasta que desaparece en el ascensor.

No sé cuánto tiempo me quedo allí, de pie ante la puerta de Jonas, sin creerme lo que acabo de presenciar. Mi primera reacción es volver a llorar a mi cama, pero pienso que es mejor contárselo antes a Kat. Seguro que hay una explicación.

Bajo una planta. Llamo a la puerta, rezando porque mi amiga no haya pasado la noche con Zach. Por suerte, en el interior se oyen unos pasos.

—Hola, Chloe —me dice al abrir—. Pasa, te estaba esperando.

—¿Qué ocurre? —le pregunto preocupada. Por la cara que pone, intuyo que no es nada bueno.

—Hace un par de horas que Shayla ha publicado un video en Instagram… —Abre la aplicación en su teléfono, hace una búsqueda rápida y me lo tiende—. Lo siento mucho.

Cojo su móvil. El corazón me late a toda prisa al pulsar el *play.*

En cuanto termino de verlo, ya no puedo contener el llanto.

No puedo creer que Jonas sea capaz de hacerme algo así.

CAPÍTULO 42

Jonas

Me despierto con un dolor de cabeza insoportable, como si un martillo me golpeara los sesos una y otra vez. Al abrir los ojos, la luz que entra por la ventana me molesta tanto que tengo que cerrarlos con fuerza. Doy vueltas en la cama, intentando encontrar una posición cómoda para aliviar mi malestar. Ninguna me convence. Vuelvo a tumbarme boca arriba.

Noto en la boca un regusto amargo a bilis. Trato de tragar saliva, pero mi garganta está tan seca que me resulta imposible. Necesito agua, mucha agua.

Me cuesta un gran esfuerzo levantarme y caminar hasta el baño, porque tengo la sensación de que el suelo se mueve bajo mis pies. Me inclino sobre el lavabo y bebo directamente del grifo. Durante un instante me siento un poco mejor, aunque enseguida vuelvo a marearme y decido regresar a la cama.

Al llegar, me dejo caer sobre el colchón y extiendo los brazos. Mis dedos rozan un trozo de tela que no parece parte de las sábanas. Lo cojo y me doy cuenta de que es un tanga de color morado con forma de mariposa. No tiene pinta de ser de Chloe.

—Mierda… —susurro, frotándome los ojos.

No me acuerdo mucho de lo que hice anoche, más allá de beber y aporrear la puerta de su habitación. Sé que le acabé gritando, pero ni siquiera tengo claro el motivo. Intento hacer memoria. Si al menos parase por un momento este martilleo insoportable de mi cabeza… Tanteo la mesilla de noche, por si hubiera dejado un blíster de ibuprofeno antes de dormir. Solo encuentro mi móvil.

Shayla me ha etiquetado en un vídeo. Tengo miles de menciones en todas las redes sociales y tres llamadas perdidas de Zach. Me temo lo peor.

Abro Instagram y voy directo al perfil de Shayla. Aparecemos los dos en la cama, y aunque lo ha grabado en modo *selfie y* solo se nos ve la cara y los hombros, se intuye que estamos desnudos; al menos de cintura para arriba.

Ella dice algo como que «el amor siempre triunfa» y nos besamos. Luego vuelve a mirar a la cámara y continúa diciendo tonterías mientras yo le mordisqueo el cuello. El vídeo se acaba después de pedirle que apague la cámara, porque lo que va a pasar a continuación es demasiado pornográfico.

Tengo que volver a verlo porque no me lo puedo creer. Al terminar, voy corriendo a vomitar al baño. Se me ha revuelto el estómago.

Me lavo la cara, e intento pensar en qué voy a decirle a Chloe. Esto no debería de estar pasando. Lo peor es la sensación de no acordarme de nada. ¿En qué puto momento dejé que Shayla se metiera en mi cama?

—Eres un gilipollas —le digo a mi reflejo, sintiendo como la rabia crece dentro de mí—. Una chica preciosa te quería de verdad y tú lo has mandado a la mierda, porque no eres más que un puto borracho drogadicto...

Suelto un grito y, de un manotazo, tiro todos los frasquitos de jabón que hay dispuestos sobre el mármol. Me agarro con fuerza al lavabo y empiezo a respirar por la nariz, como me enseñaron en la clínica, hasta que consigo tranquilizarme.

Vuelvo a mirarme al espejo. Tengo un aspecto horrible y huelo fatal. Me meto en la ducha antes de ir a buscarla.

Media hora más tarde estoy frente a la habitación de Chloe, pero no soy capaz de llamar a la puerta. Tengo miedo de que lo nuestro se haya acabado para siempre, de que no quiera darme otra oportunidad. Me froto las manos y doy un par de vueltas por el pasillo, caminando arriba y abajo, hasta que decido subir al bar de la última planta. Necesito algo fuerte para infundirme valor.

Pido un vodka y me lo bebo de un trago. El alcohol me abrasa la garganta. Respiro hondo y me doy media vuelta, dispuesto a regresar, cuando noto vibrar mi móvil. Es Zach. Cuelgo la llamada y pido otro vodka. Ahora mismo no puedo enfrentarme también a él. Sé que va a decirme que he vuelto a decepcionarlo.

—El siguiente que sea doble —le digo al camarero, tras depositar el vaso vacío sobre la barra.

No sé cuánto tiempo paso allí, pero después de cinco o seis chupitos, le pido que me deje la botella y la cargue a mi cuenta.

Reviso el vídeo de Instagram, sin entender en qué momento acabamos en la cama. Abro WhatsApp para escribirle a Shayla y pedirle explicaciones…

…y encuentro el último mensaje que le mandé, a las cinco de la mañana.

Jonas: Ven.

Lo observo sin dar crédito.

Luego agarro la botella de vodka y bajo a mi habitación.

Al abrir la puerta, descubro un trozo de papel en el suelo. Me agacho a recogerlo y me percato de que es una nota de Chloe. No recuerdo haberla visto al salir, así que ha debido pasarla por debajo mientras yo estaba en el bar.

«¿Yo, tu guitarra y Central Park? Me lo creí, qué equivocada estaba. Que seáis muy felices»

Voy corriendo a llamar a su puerta. Grito su nombre, implorándole que me perdone. Le juro que no me acuerdo de nada y le suplico otra oportunidad.

Pero Chloe no me abre, y después de un buen rato, sentado en el suelo del pasillo, entiendo que nuestra historia se ha acabado. Estoy tan frustrado que noto como la rabia vuelve a apoderarse de mí.

Regreso a mi habitación y la emprendo con los muebles, como si ellos tuvieran la culpa de que yo acabe siempre jodiéndolo todo. Doy un trago de la botella de vodka y, de un manotazo, tiro una lámpara al suelo. Se rompe en mil pedazos, haciendo mucho ruido. Me viene a la mente la noche que la conocí, cuando se le cayó esa bandeja que estaba hasta arriba de copas; y grito, grito con fuerza, porque no puedo ni imaginar haberla perdido para siempre.

Giro sobre mí mismo, buscando algo más que destrozar, y reparo en un enorme jarrón de cristal encima de una cómoda. Doy otro trago y avanzo un par de pasos, pero me tropiezo contra la mesita de centro. Me doy de bruces y la botella sale rodando. Oigo ruido en el pasillo y el clic de la tarjeta magnética en la cerradura.

Cuando Zach entra en la habitación, yo aún estoy en el suelo, tratando de incorporarme.

—¡Joder, Jonas! ¡¿Pero qué hostias se supone que estás haciendo?!

Deja sobre la mesa lo que lleva en las manos y me ayuda a levantarme. Me tambaleo un par de veces. Acabo sentándome en el sofá.

—Chloe no quiere hablar conmigo… —balbuceo.

—Chloe se ha ido —me corta—. Ha dejado la gira… ¡y no me extraña!

Zach echa un vistazo a su alrededor. Recoge la botella de vodka del suelo y se acerca a mí. Lo miro desafiante, pensando que va a gritarme por comportarme como un gilipollas, pero suelta un suspiro y mueve la cabeza con pesadumbre.

—Jonas, no sabes lo mucho que duele ver autodestruirse a alguien con tanto talento. Supongo que, aunque lo intente, no puedo hacer nada por evitarlo. —Se encoge de hombros y me tiende la botella de vodka. La cojo, enarcando una ceja—. Tengo a una chica increíble esperándome en la habitación, no voy a seguir perdiendo el tiempo contigo. Si lo que quieres es matarte para pertenecer al Club de los Veintisiete, hazlo, pero hazlo pronto. En unos meses cumples veintiocho y ya no serás especial…

Nos miramos. Durante unos instantes, ninguno dice nada. Al final, Zach mete las manos en los bolsillos del pantalón y se larga.

Fijo la vista en la pared. El Club de los Veintisiete; Jonas Reed junto a Jim Morrison, Kurt Cobain y Amy Winehouse. Seguro que la prensa hace mucho tiempo que tiene escrito el artículo. A lo mejor Zach tiene razón, quizás no es tan mala idea ponerme hasta el culo de todo y pasar a la posteridad como miembro de un club tan selecto…

Pero, antes de eso, necesito pedirle perdón a Chloe. No puedo morirme sin decirle que la quiero.

Me levanto y avanzo despacio, procurando no perder el equilibrio. Al apoyarme en el escritorio, veo que Zach ha olvidado su agenda, junto a las llaves del coche. La reviso, buscando una pista de dónde ha ido Chloe. Encuentro una copia del billete; su vuelo a Nashville sale a las siete y media. Miro mi móvil, son casi las seis.

Sin pensármelo dos veces, cojo las llaves, y salgo corriendo de allí.

Bajo en el ascensor hasta el garaje. Miro alrededor y presiono el mando a distancia, esperando que se abra el Rexton de alquiler. Por suerte, está aparcado de cara a la salida y no tengo que maniobrar apenas. Arranco el coche, pulso el interfono para que me abran la puerta y me voy a buscarla.

Conduzco varias manzanas por la ciudad, hasta que veo un cartel que indica la dirección del aeropuerto. Giro a la derecha. Tras recorrer varios kilómetros por una carretera secundaria sin ninguna luz, empiezo a dudar de haber tomado el desvío correcto.

Suena mi móvil en el asiento de al lado y vuelvo la cabeza para ver quien llama. Pero no llego a verlo. Siento que se me escurre el volante y lo agarro con las dos manos, dando un volantazo tan brusco que el coche se sale de la calzada.

Y como a cámara lenta, advierto que me voy a estampar contra un árbol.

Estoy tan cerca que no me da tiempo a virar.

Mi cabeza va a mil por hora.

Me siento extrañamente lúcido.

Pienso en Chloe.

La veo en la cama, sonriendo, aquella mañana en Nueva York.

Recuerdo a Zach diciendo que lo arruinaría. No podré confirmarle que tenía razón. Lo he arruinado todo. Siempre lo arruino todo.

Pienso en mi abuelo, en mamá y otra vez en Chloe.

Sé que me voy a morir sin decirle que la quiero y me duele en el alma, porque nunca he querido a nadie como la quiero a ella.

Me escucho gritar su nombre.

Tengo miedo.

Quizá debería llamar a mi ángel de la guarda.

Pero ya no hay tiempo.

Esta vez, él también me ha abandonado.

CAPÍTULO 43

Chloe

—Hogar, dulce hogar…

Doy un respingo al escuchar mi propia voz, porque no soy consciente de haberlo dicho en voz alta. Enciendo la luz, meto la maleta en casa y cierro la puerta.

Saco el móvil del bolsillo y lo conecto; lleva apagado desde que subí al avión en Denver. Mientras se enciende, me quito la chaqueta y la cuelgo en el perchero. Estiro los brazos, bostezando. Me duele todo el cuerpo, y no sé si es por las tres horas sentada en el avión o por la tensión acumulada.

Cierro los ojos para hacer un movimiento rotatorio con el cuello. Enseguida viene a mi mente ese vídeo de Instagram y se me vuelve a encoger el estómago.

No he dejado de pensar en él durante todo el vuelo. No lo he visto más que una vez, esta mañana en el móvil de Kat, pero cada detalle se ha grabado en mi memoria: los dos besándose frente a la cámara, Shayla diciendo que ha triunfado el amor, la cara de Jonas al insinuar lo que van a hacer a continuación...

Un pitido me indica que el móvil ya tiene señal. Es un mensaje de mi amiga.

Kat: Llámame cuando llegues.

Suspiro con fuerza. Estoy agotada y no tengo ganas de hablar con nadie.

Chloe: He llegado bien,
mañana hablamos.

Dejo el móvil en la mesa y me voy a la ducha.

Me quito la ropa y abro el grifo. El agua está tan caliente que pronto se llena todo de vapor. Espero aliviar la tensión debajo del chorro.

A lo lejos, oigo sonar mi móvil. Lo ignoro. Ya le he dicho a Kat que he llegado bien. Cojo el champú y empiezo a enjabonarme.

Me estoy aclarando el pelo cuando me parece escucharlo otra vez. Cierro el grifo y agudizo el oído. Definitivamente, es mi teléfono. Espero unos instantes, hasta que se corta, pero al momento vuelve a sonar.

Tengo que cogerlo, puede ser importante. Salgo de la ducha y me pongo el albornoz.

—¿Chloe? —dice Kat con la voz entrecortada. Me arropo, porque un escalofrío me recorre el cuerpo.

—¿Qué pasa? ¿Va todo bien?

—Es… Es Jonas. —Mi amiga hace una pausa—. Acaba de tener un accidente.

CAPÍTULO 44

Chloe

A pesar de que mi vuelo no sale hasta las seis de la mañana, me paso toda la noche en el aeropuerto. Kat me llama cada media hora para darme el parte, aunque lo único que dice es que «está en quirófano» y que «todavía es pronto para saber nada más».

No dejo de ver las noticias que se publican en internet sobre el accidente. Al parecer, encontraron el coche en una carretera secundaria, estampado contra un árbol. Aún es todo muy confuso y los medios tienen muy poca información, pero muchos empiezan a valorar la hipótesis del suicidio.

A las cuatro de la mañana, consigo hablar con Zach. La operación ha finalizado y lo suben a cuidados intensivos. Está en coma inducido, solo nos queda esperar. Se ofrece a mandarme el *jet* privado, pero le digo que no es necesario. El avión despegará en un par de horas.

—Ha sido por mi culpa, Chloe —me dice, y rompe a llorar—. Yo le dije que se matase cuanto antes si eso era lo que pretendía… y ahora…

Me pongo a llorar con él. Sé que Zach no tiene la culpa del accidente, pero me duele que lo último que hicieran fuera discutir. Recuerdo el abrazo tras el concierto de Nashville. Jonas estaba pletórico. Ojalá pudiésemos regresar atrás…

—No está muerto —le digo, porque empiezo a pensar en Jonas en pasado—. Pronto se despertará y podremos arreglar las cosas; esto no puede quedarse así. —Y en ese instante ya no sé si sigo hablando de ellos o he empezado a hablar de nosotros.

—Tienes razón. No está muerto —repite Zach, intentando tranquilizarse.

Lo escucho respirar y me reconforta tenerlo al otro lado, aunque no diga nada. Después de un rato, me pregunta a qué hora aterriza mi vuelo.

—A las nueve y cuarto —respondo.

—Mandaré un coche para que te traiga aquí.

Es Bruce quien me recoge en el aeropuerto de Denver. En cuanto lo veo a lo lejos, corro hacia él. Lo abrazo con fuerza y, al instante, empiezo a sollozar. Bruce me da unas palmaditas torpes en la espalda. No parece muy acostumbrado a estas muestras de afecto.

Al separarnos, me entrega un pañuelo. Mientras me limpio las lágrimas, agarra el asa de mi maleta y tira de ella.

—Hay *paparazzi* en la puerta, Chloe. —Me pasa un brazo por los hombros—. Pueden ser muy crueles, es mejor ignorarlos y seguir caminando... No te preocupes, no voy a soltarte —añade, al ver mi cara de terror.

Tomo aire. Están todos agolpados tras las puertas de salida. En cuanto nos ven, se lanzan a por nosotros, rodeándonos como una manada de depredadores.

—Chloe, ¿cómo te encuentras después del accidente?

—¿Has visto el vídeo de Jonas y Shayla?

—¿Te sientes culpable de su intento de suicidio?

Nos persiguen hasta que llegamos al coche. Bruce me abre la puerta para que pase, guarda el equipaje en el maletero y sube al asiento del copiloto. El chofer arranca y salimos de allí.

—¿Cómo está? —le pregunto con un hilo de voz al incorporarnos a la autopista.

—Está grave —responde Bruce—. Fue un accidente gordo.

Asiento y trago saliva; en internet he visto algunas fotos del coche y ha quedado destrozado. Miro por la ventanilla, porque noto que voy a ponerme a llorar otra vez.

El resto del trayecto lo hacemos en silencio.

La puerta del hospital también está llena de periodistas. Solo con verlos, me pongo a temblar. Estoy tan cansada y tengo tan pocas fuerzas, que no sé si voy a ser capaz de superar esta segunda avalancha

—Venga Chloe, agárrate a mí —dice Bruce cuando me abre la puerta.

Me sujeto a su camisa con las dos manos. Con un brazo rodea mi cintura y me lleva casi en volandas, mientras con el otro aparta los micrófonos, abriéndonos paso. Estoy segura de que no tardamos más de unos segundos en llegar al umbral, pero tengo la sensación de que ocurre a cámara lenta.

Subimos a la segunda planta. Al salir del ascensor, lo primero que veo es a Zach, de pie, abrazado a mi amiga. Ella le acaricia el pelo con una mano, él la estrecha con fuerza.

Se me para el corazón.

—Jonas… ¿está bien? —pregunto casi en un susurro, conteniendo el aire.

No sé ni cómo, pero me escuchan. Se separan rápidamente, como si los hubiera pillado haciendo algo indecoroso.

—Hola, Chloe. —Zach se frota la cara y asiente—. Sí, Jonas está en observación. Las primeras horas son críticas pero tenemos que ser positivos.

Mi amiga viene hacia mí; me rodea con sus brazos. Cierro los ojos, y empiezo a llorar. Estoy agotada, creo que mi cuerpo solo se tiene en pie por la tensión, porque apenas he dormido durante los últimos tres días.

Nos sentamos en uno de los sofás de la sala de espera. Zach se acerca a la máquina y vuelve con dos cafés. Le entrega uno a mi amiga, que le sonríe, y me pasa el otro.

—¿Has comido, Chloe?

Niego con la cabeza. Ni siquiera recuerdo cuando fue la última vez que comí. Quizás ayer por la tarde, antes de subir al avión.

Le pregunta a Kat si también quiere tomar algo, y le da un beso antes de bajar a la cafetería. Me estoy dando cuenta de que es la primera vez que los veo besarse, porque siempre son tan discretos que apenas se tocan en público.

—Hacéis muy buena pareja —le digo a Kat. Y pienso que ojalá hubiésemos salido alguna vez los cuatro juntos, seguro que nos lo hubiésemos pasado de maravilla.

Zach regresa con unos sándwiches en una bolsa. Le da uno a Bruce, que está sentado junto a la puerta, y luego reparte los otros tres. Abro el mío. Estoy a punto de darle un mordisco cuando se asoma uno de los doctores.

—¿Familiares de Jonas Reed? —Nos ponemos los cuatro en pie. Avanza unos pasos, acercándose a nosotros—. El paciente está estable. Estará unos días en coma inducido, para ayudar a reducir la presión intracraneal. Está inconsciente, pero constantemente vigilado, por lo que les recomiendo que se vayan a descansar…

—¿Podemos verlo? —pregunto, agarrando la mano de Kat.

—Sí, pueden pasar unos minutos. Acompáñenme, por favor. —Nos hace un gesto y los cuatro lo seguimos por el pasillo.

Al entrar en la habitación, tengo que contener un grito. Me impresiona verlo con el brazo y la pierna escayolados, con todos esos cables repartidos por todo el cuerpo y conectados al monitor. Tiene la cara amoratada y el tubo del respirador me asusta muchísimo. Trago saliva, a punto de ponerme a llorar.

—Ha sido un accidente complicado —dice el médico—, pero está en buenas manos.

—Muchas gracias —dice Zach

El doctor se despide de nosotros y se marcha. Aunque me gustaría quedarme un rato más, me convencen para que volvamos al hotel. Estoy tan cansada que acabo obedeciendo sin rechistar.

Me dan la misma habitación que tenía antes de marcharme. Lo primero que me viene a la cabeza al entrar son los gritos de Jonas en el pasillo, diciendo que me necesitaba, pidiéndole que le abriera porque, sin mí, no quería vivir.

Dejo la maleta a un lado y voy hasta la cama. Han pasado menos de cuarenta y ocho horas, pero todo ha cambiado, quizás de forma irreversible. Si le hubiera dejado entrar, nada de esto habría sucedido...

Unos golpes en la puerta me sobresaltan.

—Soy yo, Kat —dice mi amiga al otro lado.

Esa noche se queda a dormir conmigo, y yo me siento un poco más reconfortada.

CAPÍTULO 45

Chloe

—¿Chloe?, soy Shayla. ¿Podemos vernos? —escucho al otro lado de la línea y me quedo paralizada.

Mi primer impulso es colgar, pero ella se apresura en añadir que «es importante». Me pide que nos reunamos en el bar del hotel dentro de diez minutos. Supongo que me puede la curiosidad, porque accedo sin pensarlo.

—Bien, nos vemos allí —respondo, y corto sin despedirme.

Nunca contesto llamadas de números desconocidos, pero, esta vez, ni siquiera se me ha ocurrido mirar la pantalla, convencida de que era Kat para avisarme de que ya salían hacia el hospital. Es temprano y, como cada día, desde hace casi una semana, estoy terminando de vestirme para ir a ver a Jonas, que aún no se ha despertado.

Le mando un mensaje a mi amiga, para decirle que hoy llegaré más tarde y que luego le contaré.

Kat: Si necesitas algo, avísame.

Al salir del ascensor, enseguida veo a Shayla en la barra. Está sentada de espaldas, pero se da la vuelta, como si hubiese notado mi presencia. Avanzo decidida hacia allí.

—Tú dirás —le digo muy seria cuando llego a su altura.

Me pregunta si quiero tomar algo, pero niego con la cabeza. Ella levanta su vaso y pide «otro de estos». El camarero se acerca con la botella de vodka.

Cuando terminan de servirle, coge su bebida y hace un gesto para que vayamos a una mesa algo más retirada.

Nos sentamos una enfrente de la otra. Cruzo los brazos mientras la observo beberse el contenido casi de un trago. Apoya el vaso vacío en la mesa y cruzamos la mirada.

—No pasó nada entre nosotros. —Y aunque no dice cuándo ni con quién, sé que se refiere a Jonas, la noche antes del accidente.

—¿Qué ocurrió entonces? —pregunto, echándome hacia adelante.

—Me mandó un mensaje pidiéndome que fuera a su habitación, pero, al llegar, ya se había arrepentido. Estaba bastante agobiado porque habías roto con él, y quería recuperarte...

Abro mucho los ojos, sorprendida, porque no entiendo en qué momento Jonas pensó que lo habíamos dejado. Me acuerdo de que estaba borracho y le pedí que se fuera a dormir, ¿y si lo malinterpretó?

—...así que le dije que lo mejor era darte celos —continúa Shayla, observando el interior de su vaso—, lo convencí para que grabásemos el video de Instagram.

—¿Entonces era todo mentira?

—A ver, no soy ninguna santa. —Levanta la vista, desafiante—. Lo provoqué de todas las maneras posibles para que se acostara conmigo... pero no quiso. —Se encoge de hombros—. Estaba a punto de irme, cuando me pidió que lo abrazara. Y nos quedamos dormidos.

»Dejé mi tanga en la cama, para que lo encontraras por la mañana y te enfadases con él, aunque me parece que no hizo falta. Salí de allí en el momento más oportuno...

Suelta una carcajada al recordar nuestro encuentro en la puerta de la habitación. Enarco las cejas. No sé si solo está borracha o se ha metido algo más.

—¿Y por qué me estás contando esto, Shayla? —me echo hacia atrás en la silla.

—Pues porque nunca pensé que intentaría suicidarse... Llevo días sintiéndome culpable. —Vuelve a mirar su vaso vacío y lo mueve en círculos, haciendo tintinear los hielos contra el cristal—. Ahora vengo.

Se levanta de la mesa arrastrando la silla. La observo caminar hacia la barra, con ese andar errático de quien ha bebido demasiado alcohol.

Mi móvil vibra en el bolsillo y me sobresalta. Al sacarlo, tengo un mensaje de Kat.

Kat: ¿Dónde estás?
Jonas acaba de salir del coma.

Salgo corriendo de allí sin despedirme de Shayla.

CAPÍTULO 46

Jonas

Cuando me despiertan, estoy bastante desorientado. Tardo un rato en entender por qué me encuentro en un hospital. Me duele muchísimo todo el cuerpo y casi no me puedo mover. El médico me explica que tuve un accidente de coche y que me he roto una pierna y un brazo. Por suerte, es el izquierdo, por lo que aún es posible que vuelva a tocar la guitarra.

Zach entra en la habitación y sonríe al verme. Le devuelvo la sonrisa.

—¿Cómo estás? —me pregunta.

Voy a encogerme de hombros, pero un latigazo me recorre todo el cuerpo. Aprieto los ojos y suelto un quejido.

—Va a tener que tomárselo con calma, señor Reed —dice el médico—, pero pueden estar tranquilos, ya está fuera de peligro.

Se despide de nosotros. Zach le da la mano y lo acompaña a la puerta, que cierra después de salir.

—Tienes una pinta horrible, pero no sabes cuánto me alegro de que estés vivo —Se acerca a la cama—. Yo… siento mucho lo que te dije esa noche, Jonas.

Lo miro, intentando hacer memoria, pero soy incapaz de recordar lo que pasó.

—¿No te acuerdas? —pregunta, arqueando las cejas. Niego con la cabeza—. Nunca te pediría que hicieras algo así, para mí eres como un hermano…

Al parecer, yo estaba como una cuba y terminamos discutiendo. Zach insinuó que debería acabar con todo; yo le robé las llaves y estampé su coche de alquiler contra un árbol. Me viene un *flash* de aquel instante, pero se desvanece enseguida.

—¿Chloe? —pregunto en un susurro, porque me arde la garganta y casi no puedo hablar. Me han dicho que es por haber estado intubado durante una semana.

—Está viniendo hacia aquí. Katherine acaba de llamarla.

Y entonces, recuerdo el video de Shayla. Con nitidez, como si estuviera viendo una película. Aquel beso, «porque ha triunfado el amor», y mi cara de borracho explicando lo que estaba a punto de pasar después. Se me revuelve el estómago.

Chloe no se merece estar con alguien como yo.

—No. —Niego con la cabeza, porque no me siento nada bien—. No quiero verla.

—¿Estás seguro, Jonas? —insiste Zach—. Lleva toda la semana en el hospital. No se ha movido de aquí más que para ir a dormir al hotel….

—No quiero —repito.

Se escucha a alguien corriendo por el pasillo. Es ella, gritando mi nombre. Miro suplicante a Zach, que suspira y sale de la habitación.

Me quedo contemplando el techo. No recuerdo bien lo qué ocurrió después de grabar el vídeo, pero no hace falta, se intuye perfectamente. Me viene otro *flash*, del tanga de Shayla en mi cama y me odio a mí mismo.

—¡¿Qué?! ¡No puede ser! —Se oye en el pasillo la voz amortiguada de Chloe—. ¡Jonas!

Grita que me quiere y cierro los ojos.

No lo soporto. Me duele que me siga queriendo después de todo lo que pasó. Es mejor que me odie y se largue, o la acabaré arrastrando a mi abismo.

La escucho llorar y se me rompe el alma. Quiero abrazarla, pero tiene que ser así. Si la veo, no seré capaz de despedirme.

Yo estoy podrido y ella se merece mucho más.

CAPÍTULO 47

Chloe

Salgo del ascensor y corro por el pasillo, hacia la habitación de Jonas. Cuando estoy a punto de llegar, la puerta se abre y sale Zach, con muy mala cara.

—¿Qué pasa? —pregunto, echándome a temblar.

—No quiere verte.

—¡¿Qué?! —grito incrédula—. No, no puede ser… ¡Jonas!

Zach empieza a explicarme que acaba de salir del coma y que aún está un poco desorientado. No lo escucho. Solo quiero entrar. Miro la puerta e intento abrirla, pero Bruce se interpone en mi camino.

—Por favor, Chloe, no lo pongas más difícil —me pide.

Lo miro a los ojos. Empiezo a ponerme nerviosa al darme cuenta de que no van a dejarme pasar.

—No, no, no… no me podéis hacer esto ahora… —Niego con la cabeza—. ¡Jonaaas! ¡Te quiero, cariño!

Intento abrir la puerta otra vez. Bruce me sujeta mientras yo forcejeo. Chillo, histérica, pataleo, golpeo la pared. Entiendo cómo debió de sentirse esa noche en el pasillo.

Al percatarme de que no hay nada que hacer, suelto un grito y rompo a llorar. Zach se acerca a mí y me rodea con sus brazos. Apoyo la cabeza en su hombro.

—Tranquila, Chloe. —Me estrecha con fuerza, siseando en mi oído para que me calme—. No está bien. Sé que él te quiere, pero no está bien —dice bajito, acariciándome el pelo con torpeza, como si consolase a una niña pequeña.

Kat se acerca a nosotros y me acaricia la espalda. No puedo parar de sollozar.

Mucho rato más tarde, cuando ya no me quedan lágrimas, oigo suspirar a Zach.

—Lo siento mucho, Chloe —me dice—. Vamos a llevarte a casa.

Y sin poder despedirme de Jonas, abandonamos el hospital.

CAPÍTULO 48

Jonas

—Ahora sí que vamos a echarte de menos —dice la recepcionista cuando le devuelvo la carpeta con el formulario de alta.

—Yo también —le sonrío—, porque no tengo previsto volver nunca más.

He pasado los últimos nueve meses rehabilitándome en el Centro de Tratamiento de Adicciones. Ha sido la cuarta vez que ingresaba, pero la primera que me lo he tomado en serio. Aunque dicen que nunca se deja de ser un adicto y que en cualquier momento puedes volver a caer, ahora me siento diferente. Algo ha cambiado, y esta vez es de verdad.

—¿Jonas?

Me doy la vuelta al escuchar a Zach. Estoy muy feliz de verlo, y por su cara, parece que él también lo está. Nos damos un abrazo.

—Te veo muy bien, ¿has engordado? —Bromea, dándome un par de palmaditas en el abdomen.

—No me jodas, si no he parado de hacer flexiones. —Meto tripa y saco pecho—. Hay que tener contentas a las fans...

Vida sana y mucho ejercicio, así he pasado mis días aquí. También meditación y largas sesiones de terapia. Y he estado componiendo una barbaridad. Con lo que he escrito en estos últimos meses, tengo suficiente material para los próximos dos discos, por lo menos.

Zach termina de rellenar unos impresos en el mostrador. Coge una de mis maletas, nos despedimos de todos y abandonamos la clínica.

—¿Sabes algo de Chloe? —le pregunto en el aparcamiento.

—No mucho, solo que está viviendo con Katherine en Nueva York.

Cierra el maletero y me hace una seña para que suba. Me siento en el asiento del copiloto.

—¿Sigues en contacto con Kat?

—No tanto como me gustaría. Creo que me equivoqué al no irme con ella... —Zach se encoge de hombros y se abrocha el cinturón—. ¿Por qué lo preguntas?

—¿Me ayudarías a preparar una sorpresa?

—Lo que quieras, hermanito. —Sonríe, y arranca el motor.

Y mientras nos incorporamos a la autopista, empiezo a contarle mi plan.

CAPÍTULO 49

Chloe

Termino mi turno en la cafetería y paso por mi tienda favorita de comida para llevar. Hoy la fila es más larga de lo habitual: parece que, por fin, ha llegado la primavera y todo el mundo ha decidido almorzar en Bryant Park.

El dependiente, que ya me conoce porque vengo cada día, me localiza en la cola y me guiña un ojo. Le sonrío. Aprovecho que está ocupado cobrándole a una señora que va delante de mí, para observarlo sin que se dé cuenta.

Tendrá unos veinticinco y es un chico bastante guapo: alto y moreno, con los ojos claros y el pelo largo, que sujeta en una media coleta para que no le caiga en la cara. Kat lleva insistiendo semanas en que le pida una cita, pero, aunque bromeo con que me parece tan mono que me lanzaré en cualquier momento, sé que no estoy preparada para volver a salir con alguien. Aún no.

—¿Lo de siempre? —me pregunta cuando llega mi turno, y asiento con una sonrisa. Mete en una bolsa de papel mi sándwich favorito, de huevo, *bacon* y aguacate, y una botella de agua con gas—. Once con sesenta y cinco.

Le entrego doce dólares y digo que está bien. El chico coge un puñado de caramelos y los echa en la bolsa. Con ellos, veo que también desliza un papelito.

—A estos, invita la casa. —Me la entrega—. Hasta mañana.

—Hasta mañana —me despido.

Camino las dos manzanas que me separan de Times Square y me siento en las escaleras para disfrutar de mi sándwich. Como siempre, no puedo evitar acordarme de Jonas. No ha pasado tanto tiempo, pero tengo la sensación de que todo lo que viví con él ocurrió en un sueño o en otra vida.

Hablamos por última vez hace algo menos de un año, cuando Jonas me llamó. Me sorprendió que lo hiciera: no habíamos cruzado una sola palabra desde antes del accidente, aunque, a través de Zach, me había ido enterando de sus avances.

Tras dos meses en el hospital, recuperándose de las lesiones físicas, estaba a punto de ingresar, por cuarta vez, en el Centro de Tratamiento de Adicciones.

—Salí demasiado pronto, Chloe —me dijo—, y no estaba preparado para enamorarme.

Me pidió que fuera feliz, que disfrutase de la vida y que no lo esperase. Él tenía mucho trabajo por delante, pero quería rehabilitarse de verdad, y sabía que debía hacerlo por él, no por nadie. También quería pedirme disculpas por lo que pasó con Shayla.

—No pasó nada con Shayla. —Le conté la conversación que había tenido con ella en el bar del hotel, la mañana que despertó del coma.

Al terminar estaba enfadado, no solo porque Shayla le hubiera mentido, sino por haberse emborrachado y no acordarse de nada.

—Otra razón más para ingresar en la clínica —dijo convencido—. No quiero que esto me vuelva a pasar.

Desde entonces, no he tenido noticias suyas, ni siquiera por medio de Zach. Mi amiga y él cortaron hace unos ocho meses, cuando a Kat le ofrecieron un puesto de asistente de estilismo en una revista de moda y me invitó a que viniera a vivir con ella a Nueva York.

Abro la bolsa para sacar la comida y lo primero que veo es el papelito que ha metido el dependiente. Lo desdoblo, intrigada.

«¿Quieres ir a tomar una copa el sábado? Eric».

Me lo guardo en el bolsillo y le doy un bocado a mi sándwich. Cierro los ojos y procuro disfrutarlo, porque es el último que compro allí. Voy a tener que buscar otra tienda de comida preparada: el chico es muy mono, pero no quiero salir con él, y no se me ocurre ninguna razón de peso para rechazarlo…

—¿Tú no eras la novia de Jonas Reed? —me preguntan unas adolescentes un par de escalones más abajo.

—Me parece que os equivocáis —Sonrío, con una sensación de *déjà vu.*

Voy a dar otro bocado cuando escucho una melodía que enseguida reconozco. Me viene a la cabeza la imagen de Jonas tocando la guitarra de madrugada, vestido solo con unos vaqueros.

De golpe, todas las pantallas de Times Square funden a negro. La gente murmura, extrañada. Tras unos segundos, comienzan a emitir la misma imagen a la vez. Es el nuevo videoclip de Jonas. Guardo mi sándwich en la bolsa de papel y lo observo con atención.

Tengo la extraña habilidad de romper todo aquello que toco,
convierto el oro en polvo, como un rey Midas del lado oscuro.
Hay algo en mí que está defectuoso.

Sonrío al verlo. Aparece en una playa, tocando la guitarra sobre la arena, vestido con unos vaqueros y una camisa abierta. Está muy guapo. Lleva el pelo tan corto que es imposible que pueda hacerse ese moñito en lo alto de la cabeza.

Pero si estás a mi lado, soy capaz de todo.
Parece que, esta vez, la luz se ha apiadado de mí,
a lo mejor aún estoy a tiempo de salvar mi alma...

Las pantallas se van a negro otra vez. Cuando vuelven ya no es el videoclip lo que están emitiendo, sino una imagen de Jonas cantando en la calle. La gente empieza a gritar y me giro sobresaltada. No puedo creer lo que veo.

Suplicando mi oportunidad.
Un héroe, un cobarde, un titán,
algo más que una muesca en tu espada.
Dime si aún estoy a tiempo de salvar mi alma.

Jonas está aquí, frente a las escaleras. A su alrededor, cuatro cámaras registran la imagen que se ve en directo por las pantallas. Empiezan a avanzar despacio hacia donde estoy, sin dejar de cantar.

En la calma que precede a la tormenta
encontré la parte de mí que había perdido
¿Sigue latiendo un corazón amputado?

Por un instante, no entiendo nada. No hago más que mirar de un lado a otro, hasta que en la pantalla, detrás de Jonas, veo a Zach pasándole el brazo por los hombros a mi amiga.

Me pongo de pie y miro a la plaza. No puedo creer que también estén aquí.

Ahora me dueles como un miembro fantasma.
Creí que aún tenía más vida contigo.
Pero ya no queda arena en el reloj.

Cuando me quiero dar cuenta, Jonas está frente a mí, tocando un solo de guitarra mientras la cámara me enfoca directamente a la cara. No sabría decir qué me pone más nerviosa.

Suplicando mi oportunidad.
Un héroe, un cobarde, un titán,
algo más que una muesca en tu espada.
Dime si aún estoy a tiempo de salvar mi alma.

Tras cantar la última estrofa, Jonas se quita la guitarra. Se la entrega a una chica que lleva un *walkie* y parece de producción, antes de acercarse un poco más a mí.

—Chloe… —Toma mi cara entre las manos y pregunta—: ¿Aún estoy a tiempo de que me des otra oportunidad?

—¿Cómo era lo que decías siempre?

—Tú, mi guitarra y Central Park —completa la frase y sonríe.

Le devuelvo la sonrisa.

—Pues eso.

Jonas acaricia mis mejillas y se inclina para besarme. Cierro los ojos, entreabro los labios y me dejo llevar.

Estoy segura de que ese beso se está viendo en todas las pantallas de Times Square, pero no me importa.

Yo también tengo todo lo que necesito.

Y no puedo ser más feliz.

CAPÍTULO 50

Jonas

UN AÑO DESPUÉS

¿Quién es esa chica,
que apartó mis labios del hielo y los llenó de besos,
e iluminó con estrellas mi oscuridad?
Apareció como un espejismo en el desierto,
y los versos de mis canciones cobraron sentido…

Levanto la vista de la guitarra y miro por la ventana. El sol se oculta en el horizonte, pintando el cielo de tonos rosas y anaranjados, mientras las luces de las farolas dibujan senderos luminosos sobre Central Park.

—¡Nena, ven, tienes que ver esto! —la llamo, alzando la voz.

Chloe entra al salón, poniéndose unos pendientes. Lleva un sencillo vestido de color negro y unos botines de tacón.

Al ver el atardecer, sonríe y camina hacia las enormes cristaleras. Dejo la guitarra sobre el sofá y me acerco a ella. La abrazo por detrás.

—Es imposible acostumbrarse a estas puestas de sol —dice, y ladea la cabeza—. Aún no me creo la suerte que tengo.

—Yo aún no me creo la suerte que tengo de haberme casado contigo. —Le doy un beso en el cuello y noto que se estrecha contra mí.

Al salir de la clínica de desintoxicación, tuve que volver a la carretera para terminar la gira, que había interrumpido a causa del accidente. Todavía teníamos que completar más de veinte paradas. Chloe decidió unirse a nosotros, y yo no pude alegrarme más. Al público también le gustaba que volviésemos a estar juntos, y nuestro tema, *Love Song,* siempre era uno de los más aplaudidos.

La noche del concierto de Las Vegas, al acabar nuestra actuación, me arrodillé en medio del escenario y le propuse matrimonio de la manera más surrealista posible.

—Chloe Williams, ¿quieres casarte conmigo esta noche?

La pillé totalmente por sorpresa, tuve muchísima suerte de que me dijera que sí. Un par de horas más tarde, Elvis nos declaró marido y mujer en una capilla nupcial, delante de todo el equipo técnico, con Zach y Kat como padrinos. Fue una noche memorable que recuerdo perfectamente, porque no tomé ni una sola gota de alcohol.

En realidad, pronto van a cumplirse dos años desde la última vez que bebí, la noche del accidente. Ya ni siquiera fumo cigarrillos mentolados. Tampoco mi mujer, entre otras cosas, por el daño que pueden hacerle al bebé, que nacerá dentro de cinco meses. No puedo estar más feliz de tener mi propia familia.

Heartland Records ha firmado un contrato con Chloe para lanzar su carrera en solitario durante los próximos dos años. Por el momento, estamos a punto de grabar mi nuevo álbum, en el que cantaremos juntos cuatro temas. Y, esta vez, puedo afirmar orgulloso que soy yo quien ha compuesto todas las canciones.

El sol se pone en el horizonte y Chloe se vuelve hacia mí.

—¿Nos vamos? —me pregunta. Asiento con la cabeza.

Esta noche, hemos quedado a cenar con Zach y Kat. Volvieron a ponerse en contacto para preparar lo de Times Square y, para nuestra sorpresa, también se dieron otra oportunidad. Tras la gira, Zach se vino a vivir con ella a Nueva York. Y aunque nosotros todavía estamos decidiendo dónde fijar nuestra residencia definitiva, esta ciudad tiene muchas posibilidades, porque nos encanta tenerlos a solo unas manzanas de distancia.

Avisamos a Bruce y vamos paseando los tres hasta nuestro *Steakhouse* favorito. En la puerta, nos espera la parejita. Aunque no hace mucho frío, veo que Zach lleva una bufanda alrededor del cuello y me cuesta contener la risa.

Nos damos un abrazo y entramos al restaurante, donde nos recibe el encargado. Es la primera vez que Kat viene a este local, y no deja de mirar las fotos de las paredes.

—Ahí está la mía —le dice Zach cuando subimos la escalera, y oigo que Chloe suelta una risita.

Lo pasamos muy bien los cuatro, como siempre, y cenamos estupendamente. Las chicas se ponen a hablar de sus cosas y Zach me comenta un par de temas sobre la grabación del nuevo álbum:

—Por cierto, me ha llamado Tommy para saber si contamos con él —pregunta de forma indirecta.

Asiento con la cabeza. Para completar la gira, pedí expresamente que buscaran otro batería, porque no quería volver a verlo por allí. Estuvimos mucho más tranquilos, pero he de reconocer que, con el sustituto, las canciones no sonaban igual.

Además, hace un par de meses, recibí una llamada suya para pedirme perdón. Sabía que se había portado como un capullo. Estuvimos hablando durante más de una hora, y aunque supongo que nuestra amistad nunca volverá a ser como antes, creo que Tommy se merece otra oportunidad...

Al igual que Shayla.

Ella vino a visitarme a la clínica cuando me faltaba una semana para salir. Me impresionó verla tan demacrada. Había estado a punto de morir de una sobredosis y necesitaba ayuda, pero no tenía a nadie más a quien pedírsela.

Le hice prometer que se lo tomaría en serio, y que lo haría por ella, no por nadie más. Después hablé con Zach, para que se encargase de su ingreso, sin que ella tuviera que preocuparse de los costes.

Ahora está totalmente recuperada y trabaja en un centro de reinserción de drogadictos. Por lo que sé, ha empezado una relación con alguien totalmente ajeno a nuestro mundo, y solo deseo que les vaya muy bien. En el fondo, es una buena chica, pero ha tenido una vida muy complicada.

Después de cenar, volvemos a casa dando otro paseo. Al llegar, Chloe me dice que está cansada. Nos metemos en la cama y le acaricio la espalda, contemplando las luces de Nueva York. Poco a poco, su respiración se hace más pesada.

Deposito un beso en su pelo, y como cada noche, antes de dormir, pronuncio las tres palabras que nunca me voy a cansar de repetirle.

—Te quiero, nena —susurro.

Y Chloe, sonríe.

Muchas gracias por dejar tu reseña
en Amazon, Goodreads o en tu blog.

Made in the USA
Las Vegas, NV
25 January 2026

40229894R00163